为什么没有项羽呢

刘东衢 著

中国书籍出版社
China Book Press

图书在版编目（CIP）数据

为什么没有项羽呢/刘东衢著.—北京：中国书籍出版社，2019.10

ISBN 978-7-5068-7484-7

Ⅰ.①为… Ⅱ.①刘… Ⅲ.①短篇小说-小说集-中国-当代②中篇小说-小说集-中国-当代 Ⅳ.①I247.7

中国版本图书馆 CIP 数据核字（2019）第 234293 号

为什么没有项羽呢

刘东衢 著

图书策划	成晓春 崔付建
责任编辑	成晓春
责任印制	孙马飞 马 芝
出版发行	中国书籍出版社
地 址	北京市丰台区三路居路 97 号（邮编：100073）
电 话	（010）52257143（总编室）（010）52257140（发行部）
电子邮箱	eo@chinabp.com.cn
经 销	全国新华书店
印 刷	三河市华东印刷有限公司
开 本	650 毫米 × 940 毫米 1/16
字 数	215 千字
印 张	14
版 次	2019 年 10 月第 1 版 2020 年 1 月第 1 次印刷
书 号	ISBN 978-7-5068-7484-7
定 价	58.00 元

版权所有 翻印必究

目录

红　莲　／　001
为什么没有项羽呢　／　016
远　方　／　042
秋风吹荡　／　066
唐人街　／　091
修理工　／　127
第二种爱　／　168
黑白电影　／　193

为什么没有项羽呢

红　莲

　　穿过西郊一条灰色的地下通道，再往前走就是顺泰水泥厂了。晴天路好，红莲从家门口骑车二十分钟就到了。可是雨天涵洞积水就麻烦了，红莲得推着自行车爬上泥泞的陡坡，再搬着它跨过湿淋淋发亮的钢轨，退步下坡，走几分钟才能到达坑坑洼洼的公路边。去年买的"捷安特"在和同学逛街时被人偷去了，她现在骑的车又破又旧，是父亲从旧货市场花八十块钱淘来的。平常好好的，一遇到急事它就掉链子，结果弄得红莲老迟到。尤其遇到阴雨天气，好多次她气得恨不能把它扔到桥下让过路的斯太尔压个稀巴烂——众目睽睽之下她得将油腻腻的链条对着尖嘴牙盘转动蹬轴，将它们压牢压实，心里不能急，必须耐着性子一次次尝试，结果弄得满手油垢。上月发工资她新买一条芬妮雅白裙子，没想到头一天穿就被污油弄脏了，气得她一整天没吃饭，而且这事发生在一个大晴天，所以红莲发誓这个月底她无论如何得买一辆新车。为此，她的旧车平时根本不上锁，她希望尽快被人偷去，这么一来她就有理由对父亲说了。但奇怪的是，好像越这么想，这种事情就越不会发生。

紧接着，另外一件事发生了。这件事发生得有些偶然，红莲一度认为可能是对方有意安排的，但又不很肯定。六月二十五号这一天飘起了毛毛雨，红莲早早吃了饭就上路了——果然不出所料，自行车经过桥洞时她就感到脚底一松，心里倒没像以往那样咯噔一下，因为时间充足，她就推着自行车慢慢朝前走，走到公路边扎好车，开始压链条。一上路链子又掉了。如此反复几次，红莲气得没办法。正左右为难呢，一个清瘦麻利、小眼高鼻的小伙子跑上来帮她修好了。红莲道了声谢，然后骑车上路了。

雾毛子一飘就是好几天。红莲第二天上班的路上链条没掉，但下班时掉了，地点就在桥洞的另一端。这一次还是那个小伙子帮她修好了。红莲冲他微微一笑，骑着骑着她感觉有点奇怪，怎么这么巧呢？第三天上班经过时，她特意打量桥洞四周，并没有发现那个人，下班时也如此。不过，这一天红莲的自行车没掉一次链子。到了第四天，红莲就盼望着车链子掉，掉，掉——可它就是不掉，因此也没见到那个人。不过，自打买了新车后，这种事就再没发生过。至于后来的事，不能一概以"偶然"来论了，不过她当时有那么点惊讶的感觉，随后又归于平淡了——其实生活就本该如此的。

红莲在水泥厂工作已经一年多了。这是一家国营老厂，曾经倒闭过，可随后又奇迹般恢复了生产。原先胖墩墩的杨厂长和他的

为什么没有项羽呢

一家人不知去向,新厂长是浙江台州人,白手起家,他取了一个吉利的厂名:顺泰。以前各部门的领导都调换了,新上任的车间主任中,其中一位就是红莲的二舅,他给红莲安排了一份较为轻松的工作:食堂会计。每天的工作内容一是给加班的工人安排午饭和晚饭,二是收取餐费。这些人大部分是装卸工,家住乡下,每天一次往返,忙的时候加班,晚上也在厂食堂吃,然后结伴赶夜路骑车回家,因为结伴赶路较为安全。厂里大概有五十多名装卸工,人员流动大,为便于管理,厂里将他们分为四个组,每组又选出一位有"声望"的人做组长。在消耗同样体力的情况下,干装卸挣的钱是种地的好几倍,而且两者之间并不矛盾——装卸按件计工,做一天拿一天的工钱,一旦家里有事(比如农忙时节)可以随时请假,两头都不耽搁——这也是他们心甘情愿吸着无数颗粒粉尘顶着炎炎烈日挥汗如雨的原因。因此,能谋到这份差事对于他们来说已经不容易了,找关系,花点钱送礼都是情理之中的事。说到这儿,我们先得了解一下水泥厂周遭的环境。这么说吧,在厂里,只有一个地方是干净的:澡堂子。以前冲澡是不收钱的,新厂长来了之后把每张澡票的价钱定为三块,因此那段时间热气蒸腾的澡堂里几乎见不到人,大家宁愿骑几十里的山路回家冲个凉水澡也舍不得花这份冤枉钱——由此可以想象出他们的伙食标准了。不过,从上星期开始,厂里决定沿袭过去的做法:免费冲澡。冲过澡,饿了,他们简单吃顿饭,这么一来,红莲总算能把一些人的姓名和长相统一在一块了。食堂加上红莲一共四个人,两个壮硕健谈的男厨师,另一个是四十五岁、圆脸粗腰的李大姐,因为人手少,只要手上没活儿,他们都尽量替对方分担一些，在这种友好互助的气氛下，工作进展得十分顺利。再者说，红莲年纪最小，即便有什么事的话，姑且不考虑她舅舅的关系，他们也都会让着她，比方说，她经常拒绝给客人端茶上菜，甚至连话都懒得搭理。这并非因为红莲看不起他们，其中也包含一个女孩天生的自尊，更确切地说，是对自己身份的认同。平常，红莲从不随便与人搭讪，即便那人主动她也不理。装卸工大多是结过婚的，与她同龄的很少，而且，庄稼人大多本分老实，稍有点出格的事也不敢去做，知道红莲的性子，他们很尊重她的。一方面，红莲觉得他们干的活又脏又累，对身体不好，十分同情他们；另一方面，她又有意疏远，和他们保持距离，对他们的言行举止抱着一种冷眼旁观的姿态。水泥厂背倚国道，厂内大小烟囱林立，每天烟尘弥漫，许多工人在那种蜂窝似的干灰色厂房里工作了五年、十年，红莲不愿意看到自己的将来也和他们一样，正是在这种十分矛盾的心态中，红莲度过了一个个冷寂无聊的夜晚。

　　白天没事，红莲就走到水泥厂西门外的金色池塘边看人钓鱼。鱼线闪着水淋淋的五彩亮光，在天空中画出一道道柔美华丽的弧线，落在微风拂动的水面上。红莲望着波光粼粼的水纹发呆，感觉自己好像一出生就坐在这儿，她感到寂寞，也感到一种酸楚，这就像她小时候生病时独自躺在一张陌生的病床上。透过一排排墨绿色的杨树轮廓，她看到锯尺状的钢桥上一列火车拖着长影鸣响汽笛轰隆隆驶过，始自地心的强烈震动回荡在静谧的田野里。声音走后，一切又恢复了原样，但红莲觉得好像失去了什么，似乎带走的不仅仅是声响，还有她心里的回声。

为什么没有项羽呢

池塘外，土褐色的斜坡下边流淌着几条浑浊的小溪，滩上长满毛茸茸的蒿草，雨季过后水流清澈，天空湛蓝了几分，厂里的几个门卫会瞅空子到这边来捉青蛇，然后拿回去熬汤下酒。红莲常常遇到他们，她知道其中一个叫陈革，比她大两岁，家住城区，他说自己是不务正业才到水泥厂上班的，他说这儿太乏味，晚上除了打牌喝酒再没别的事了。以前，红莲每次迟到陈革总是网开一面，为这事他有一次差一点和同事翻脸。后来陈革经常出现在食堂里，除了他之外，保卫科的其他人都把饭菜带回去吃——红莲知道陈革这么做意味着什么。渐渐地，他们熟悉起来，但只是熟悉，红莲没有过多的表示，这也是陈革一度失落的原因。后来，红莲就发现经常有女孩跑到厂里找陈革玩，他们坐在保卫科的办公室里聊天，到了午饭时间便由陈革领着到食堂打饭。在红莲面前陈革介绍说是他的同班同学。红莲就冲来人一笑，拿铁勺添了两只大肉丸子，让他们多吃、吃饱，然后热情招呼其他人去了。不过，后来陈革没有再领女同学到食堂来过。红莲今年虚岁二十一了，类似的事也不是头一回遇到。以前，装卸队里有个小伙子很喜欢她，常给她带些好吃的来，像她爱吃的腌肉、鲜豆子和年糕，有一回带了一条鲨鱼仔来，也不知他从哪里弄来的。红莲记得，每次到食堂打饭他总是排在最后边，他告诉她，他这么做只是为了能多看她几眼。有时候坐在池塘边红莲就会想到他曾经说过的那些细密的话，脑海里不由得浮现出他的模样，他那种令人难过，又恋恋不舍的目光，有那么点忧伤和一丝胆怯。其实，假如他再坚持一下，也许再等几天，红莲真是会答应的。但是，他放弃了，他走的那天下午曾到食堂找过她，但红莲买菜去了，李大姐第二天中午才想起来告诉她，后来红莲到装卸队找他才得知他已经离开水泥厂，谁也不知他去了哪里。红莲一直希望有一天能收到他的来信，但是，红莲什么也没有等到。事后，红莲想，如果她真答应他，家里人会同意吗？所以，那些天她的心情十分低落，在池塘边一坐就是半晌。望着愈见浓密的铅灰色暮色里，三只小青蛙跃出水面，啪嗒几声，又跳到墨绿的菱草上朝远处眺望，那边，太阳已经把不规则的几块晚霞烧成一片可怜兮兮的残红。很快，天就要黑了。在这种日日重复的风景中，红莲感到自己其实并不属于这里——现在，正如她明知道陈革的心思却没有任何表示一样，一切只能让她回想起时光匆匆流逝，就像不分昼夜流淌的溪水——仿佛过去只是一个流动无终的幻觉，只不过红莲对此感到怅然，其他人感觉平静罢了。有时候，陈革会悄悄走到塘边，但并不和她说话，只是远远地望着她。陈革很少一个人来，他们把捉到的青蛇收在白色尼龙袋里，陈革却大胆地把它拿在手里玩耍，每当这个时候，红莲的表情就像根本不认识他。在陈革看来她很怕蛇，实际上红莲也可以像他那样拿在手里，只是她不愿意被别人识破，正如她不会把她的心事告诉任何人一样。

沿铁路向东不远就是灰蒙蒙的铁路货场，地广人多，货也多。有从东北发来的白松和工字钢，从西边发来的晋煤和重油专列，从南方发来的风力发电机组和从东边来的铁矿石，大都在此停靠，喝喝茶，加加电，继续赶路或由此地中转。因此，货场内集中起各种拖拉机、装卸车、长途半挂和集装箱长拖车。人们把货物挑装上汽

为什么没有项羽呢

车,再由公路运至附近各省。从职业上讲,货场的装卸工和水泥厂的一样,无非是装和卸的重复过程,不过,这里的活儿更体面,更干净,收入可能更高。红莲就不明白为什么厂里的那些工人不能到这边干活呢。后来她明白了,重要的不是人多少,做什么,而是工作本身。假如有一天她不干了,照样会有另外的人顶替她,既然这样,她又凭什么替他们操心呢——无论怎么说,这个地方缺的不是工人,而是工作机会。几乎是躲避似的,每次红莲总是急匆匆穿过铁路,对货场上的人视而不见,好像他们根本不存在。经过那件事之后,红莲相信自己变得成熟了,她不再去无谓地接受什么,哪怕是一次小小的心情波动,她变得和他们认为的那样:冷漠,孤傲。其实内心深处,她知道她所期望的事实依然没有发生,或许在这儿,它根本就不可能发生。可越是这么想,红莲就越变得和周围的人格格不入,虽然同事们没有当面议论,但她能感觉得到。有一回,二舅暗示她注意一下周围的影响,不要把同事关系搞得太僵,至于发生了什么,二舅相信红莲不会告诉他的。可是,她不能因此丢掉工作,现在厂子改成了私有化,老板随时都能叫你卷铺盖走人。在没有更好的选择之前,二舅劝告外甥女学得聪明一点,别让别人捡到话柄。接着,二舅假装无意似的,提到了陈革。红莲一听心里就火了,原来陈革背地里把她说成是他的女朋友。二舅似乎不太相信红莲的话,他说有人看到你们俩经常到河边约会。红莲坚决否认。二舅说,那你们一块在河塘边是什么意思呢?红莲一时语塞。红莲至此才明白,原来清清白白、无缘无由的事,厂里已经传播得面目全非。第二天一上班她就去找陈革,当众质问并奚落他。

第二天陈革向她道歉，这事才算告一段落。从此之后，红莲没再搭理过陈革。而就在同一天，大概下午四点钟左右，红莲从农贸市场买菜回来，经过铁路货场时，有人在背后喊她的名字。红莲的心思仍纠缠在刚刚发生的事情上，听到喊声，本能地刹住单车，却像个盲人似地望着雾茫茫的货场，循着声音，一个穿着对襟短汗衫、好像被钢丝绳拧过的瘦个子向她走来。红莲搜索着记忆，空空的像喝干的碗底。这人却微笑着，亲切得像遇到老同学那样冲她招手，地上散落着尖锐的细石块，阳光里混合着燃油、化肥、除草剂和不知名粉尘的气味。瘦个子微微斜身，脚掌踩着石块发出咯嘣声，他好像被阳光烫伤了，咧开嘴，丝丝地吸气，一边亲切地微笑：

"换新车子啦？这么久没看到你，我还在想——"

"……什么？"

"你不认识我了？"

红莲突然意识到她不应该停下来，这个装卸工模样的人只是找理由和她套近乎罢了。她松开车闸，右脚踩上车蹬准备走，对方却一步抢在前头，拦住说："你真的忘记了？"

"你让开，我不认识你。"

"你忘了？我给你修过车呢，这人，怎么说忘就忘了呢……"

红莲车把一扭，车胎压得白石吱吱响，再猛地一蹬，车子朝前冲去，那人见状只好闪到一边，迷惑不解地："喂！你叫红莲是吧？我知道，你忘了下雨天……"

红莲骑车迅速离开，心绪乱如麦针，听不到对方说了什么，也不想听，她现在只想赶回去梳理一下这几天发生的事情。上午十一

为什么没有项羽呢

点,陈革由几位同事簇拥着走进食堂,令她气愤的是,陈革不像在道歉,倒像在众人围观下的表演一场相亲节目。观众席上也包括红莲的三个同事,他们眼中也都隐含着某种妒忌似的甜甜微笑,而焦点就是舞台上的红莲和陈革。众人的围操已经把她推到了陈革面前,简直像闹洞房。红莲脸色绯红,脑子里车轮滚滚,笑声如汽笛侵来,陈革的话她根本没听到,她只是透过窗户看到有人拿着饭盒来打饭了,片刻之后,这里的景象将更加壮观,而与此有关的谣言和传闻更不知走形到什么程度。后来的人不知发生了什么,甚至跳到凳子上引颈观看,红莲害怕,黑瞳里充满黑色的愤怒,周围一片白晃晃喘息浮动的人脸,她只想躲开逃跑,也不知谁嚷了句什么,大伙儿齐声哄笑——那笑声就像削刀一下下划着红莲的脸,令她流出屈辱的泪水。突然,她像受到炮烙似的尖叫一声,双臂护胸,用身体拔开众人朝外跑。不过,有人似乎早预料到了这一点,直到红莲跑出厂门大家才意识到事态的严重性,纷纷惊慌起来。"哟,可别出人命!"这一句忽然就在人群中爆炸了。

厂门外,红莲抹着眼泪,扭扭捏捏又笨笨拙拙地跑着,她的身后,一伙人大呼小叫出现在路上,目标直指池塘。

陈革并不是跑得最快的人,但是他跑到了最前头——因为别人边跑边减速,他们可能意识到归根结底这是和自己无关的事情,假如有人追究,影响到自己就犯不着了,所以,很多人出了厂门就停下脚步,或者慢慢朝前走,摆出一副眺望的姿势。说到底,他们只是观众。红莲跑到池塘边停住了。周边冷清清的,清亮的塘边一个老头在捕捉野生黄鳝,用一种带弯口的长柄铁钩搜索着草丛里湿漉漉的洞口。远处，越过摇摆在风中的蒿草尖，她看到河塘对岸一家精细化工厂的复合框架已经搭好，冒着白光的烟雾从一支乌黑的烟囱里慢吞吞地溢出，显出食欲不振、心情不佳的样子。它从南方搬迁来不久，不顾疲劳，下月又将投产。红莲记得这是陈革当初告诉她的，而现在，陈革在身后喊她，红莲觉得忽然之间站在未来回忆过去一样，眼前的一切变得虚幻起来。良久，她才想起抬手擦拭眼泪，沿着原路慢慢往回走。

经过陈革面前，红莲说：“你不要再叫我的名字，你不值。”

按规划，除了那家化工厂，其他几个厂都要陆续迁移过来，池塘将被填平，树木被砍伐，农田被圈成厂地，用不了多久，这儿就会变成西郊工业区。不过红莲认为这些变化对她影响甚少，她的生活依旧和从前一样。前几天她接到一个同学的结婚请柬，热闹闹的场面上她一句话也没说，回家睡了一下午，日落时分醒来心里只觉得凄凉。晚饭时接到陈革一条短信，又是道歉，红莲想都没想就删了，这样的短信陈革几乎天天发，她始终一个字未回。夜里淅淅沥沥的，红莲倚在床上听MP4，凌晨两点才睡，第二天起来身子发沉，勉强喝下几口热粥就上班去了。天上仍飘着雨丝，雾蒙蒙的看不真切，桥洞里沉了一夜的积水，红莲把车推到铁路桥下，望望无休止的阴云，叹口气，将车篮里的链锁和塑料袋里的高跟鞋挂在前把上，抓紧前后大梁，沿着无数人踩出的泥坑拾级而上。雨丝斜斜地吹在脸上和红色的雨披上，她不敢松懈半分，努力稳住身子，把前脚踩实了，后脚才敢跟上来。一下雨，她都习惯性穿上旅游鞋，

为什么没有项羽呢

以防上下坡时脚滑跌倒。耳边似乎传来"嗨嗨"的声音,她不敢分心,喘着气,一步一步攀到钢硬的铁轨上,越过铁路还剩半截,她松开手,让单车骑在铁轨上,自己可以松口气。"嗨!"她听到有人朝她打招呼。正左顾右盼呢,一个人影忽然从一团浓雾里钻出来,跳到她面前。"嗨!我来帮你。"红莲认得。他穿着蓝牛仔裤,手插在裤兜里,脸上布满水滴,几绺头发被雨淋得贴紧在额头。他透过湿淋淋的头发冲她微笑,伸出浅红的舌头,舔了舔嘴皮,咝咝地用鼻孔吸几下,然后得意地吹出几声口哨,把裤兜里的手拿出来,试图来搬自行车。"你做什么?"红莲吼起来,一把抓起大梁,噔噔噔地走下坡。到了坡底,后轮一着地,她不顾什么高跟鞋和锁链了,骑上就走。假如将前前后后联系一想,红莲猛然发现,铁路货场的这个人自从出现后就一直隐蔽在某个地方,窥视她,观察她,找机会接近她。这个发现让她惊愕万分,尤其在她和陈革的事发生之后。无论对方出于何种心思,红莲只会对这种近乎下流的举止感到厌烦。一到地下道,她惊恐万分,面戴口罩,心跳如奔逃的小灰兔,那人远远站在钢筋铁架桥上,似临风俯冲的雄鸟,哨声尖锐。尤其加班的晚上,红莲央求李大姐无论如何陪她一块走。她不敢告诉家人陈革的事,父亲没有当面责备,只拿眼神剜她。她相信风声免不了传到他的耳朵里,或许二舅和母亲交流过,父亲自然参与,他们隐而不发在红莲看来是要采取更直接的措施。有一次她无意中听说保卫科正打算辞退陈革,果真如此红莲又感到非常内疚。毕竟,陈革没有伤害她的心思,他只是编造了谎言,近乎开了个玩笑。至于道歉,红莲依稀记得那些频来的短信,这些天她仔细想过，当着那么多人的面陈革可以做到无所畏惧，起码可以证明他的心诚，只不过在家长看来十分幼稚可笑罢了。其实，隐隐约约地，红莲觉得自己在内心深处已经原谅了陈革。陈革的表演让她得到另一种满足：被人重视、因拒绝而获得的荣耀。这么一想她又为自己感到可耻，不过它确实存在过，哪怕是一闪而逝，仅止一个念头。红莲试图说服自己不要这么想，假如原谅了陈革，那错的又是谁呢？难道是她自己么？而现在，正当她烦躁不安的时候，另一个人又侵入了她的生活。她对陈革的感觉是实实在在的，而那个人，她感觉就像幽灵一样，挥之不去，却无时无刻不浮现在她纷乱的脑海中。

八月底的一天，天气闷热，太阳在灰色的云团里时进时出，揣着几天前该落的一场雨，在滞重压抑的预感中，窝着就是不走。昨天，精细化工厂的新车间竣工，剪彩、讲话、视察、酒宴，上上下下热闹了一番。第二天二甲苯粉、乙烯和聚酯酸准时运至，老远就听到厂房内机器轰鸣，车间内一派繁忙。

食堂午休时，李大姐忙完手上的活，叫红莲跟她一起到对面新厂找个熟人聊天。李大姐表情神秘，声音发抖，像闷在瓷罐里跃跃欲试的青蛐蛐。脸呢，红如熟柿，说给太阳晒的，实际一上午都在切菜间摘菜、抖豆腐馅、蒸馒头，自打红莲进厂没见她脸这么红过，艳阳天似的。李大姐叫红莲千万别声张，假装上厕所。绕道出厂时应该轻松自如，但是红莲老跟不上她的步子，李大姐走得很快，两腿都不连贯了，互相打架。出厂门后，李大姐掩饰不住兴奋

为什么没有项羽呢

地告诉红莲,她说的"熟人"现在当了厂长,红莲一听就明白了她的意思。其实,李大姐拉她作陪的目的无非是掩人耳目,她好像揣摸出红莲的心思,低声说:"到时候,你跟我一块过去,那边的待遇比这边高多了。"说完她瞟了一眼保卫科的蓝漆门,然后就和红莲的目光撞到一起。红莲看到李大姐额头沁满汗粒儿,她马上垂目,低头直朝前走,心里直犯悔,刚刚为什么要朝那扇门里看一眼呢,这一眼不正被李大姐逮个正着?红莲才明白,其实每个女人年轻时都如何如何过,即便过了许多年,在心底,或许仍期待着再如何如何——因此,红莲也理解了李大姐在陈革道歉那一天那种微笑的意味了。年龄一过,除了无奈之外,就剩下了嫉妒。

红莲几乎是被李大姐拖进了厂长办公室,没到十分钟,她就找借口溜出来。一想到回去时还要经过保卫科,红莲就有点犹豫,刚才那一眼,正遇到陈革悲戚戚的目光,恍恍然她又觉得是以前那个古怪的装卸工,她这心里就莫名地心酸起来。但留在这儿也不是办法,她估计,下午李大姐不会回食堂了。红莲在阳光下站了好一会,才慢慢往回走。

天空像罩着一层塑料薄膜,热浪稠密,滚着一团团无形的火,蝉声短凑急促,一下紧一下,嘶哑,干涩。两厂之间连着一条新铺的水泥路,几辆橙色的长拖车停靠在路边,一伙装卸工正在安装建筑工程使用的金属支架,扳手、钢管、配电柜、锁口架散散地堆放一地,后来的图省事,一二三吆喝,把用木条打包的铝合金配件直接抛下来,砰咣咣地响。有人朝红莲打手势,意思是躲开一点。红莲看到拖板上捆着一台银色的铝质锅炉,散热片像一人高的大梳子，大得吓人。红莲摘下几根柳条，遮在额前，朝耀眼的白光里走去。

"嗨！"一个声音忽然从背后传来。

红莲看不甚清，眯起眼，手搭着眉。

"嗨！这么巧啊。"

红莲一认出，扭头就走。这人却跟上来："嗨，说说话么，你就不能跟我说几句话么？"红莲加快步子。这人却追上来，伸着胳膊说："我知道你叫红莲，食堂会计，嗳，你别走啊，你听我说。"红莲扔掉蔫了的柳条，几乎小跑着到了厂门口。这时候陈革从保卫科推门走出来，走下台阶，眯着眼，朝这边瞅着，不停地挠头发，神情说不上来。他看到慌慌张张的红莲和那个急切追赶来的小伙子，脸色变得凝重。本来那人已经失望作罢，打算回去继续干活儿，可他听到身后有人喊他。他回头，看到门前那人正冲他招手。他犹豫了五秒钟，好像不受控制似的，慢吞吞地走过去。此时，烈日当空，热浪从地表升腾起来，接着被灼热的阳光狠狠按了下去，两股热量交织在一起，烤得四周没有一点声响，枝叶耷拉着一动不动，堆放在不远处的高压锅炉被来自地面的热浪扭曲着，像要熔化，吱吱吱地呻吟着。

红莲被阳光烤得心晕目眩，她注意到保卫科的其他人陆续走出来，大家的目光一齐涌到来者身上，然后，陈革迎上去，用手势比画着。他们交谈了一分钟。强烈的光线在空气中产生了石粉焚烧时的爆裂回响，没人听到他们说了什么，接着，陈革返身走到红莲面前，问："你认识他吗？"

为什么没有项羽呢

红莲摇了摇头。

陈革又问了一遍:"真的不认识?"

红莲犹豫了一下,但说出来的仍是:"不认识。"

陈革看了她一眼,好像确认似的,脸上浮现出困惑不解的神情,但随后就被可怕的微笑取代了。红莲预感到好像要出事,当她叫喊着冲上去阻止时已经太晚了,事态的发展完全失控。两伙人扭打在了一起。双方的武器各有特色,一边装备高压电棍,另一边使用便捷有力的钢管和铁锹。一根带刺的铁锹戳进了陈革的左肺,他在病床上昏迷了三天三夜。两个队友脑震荡,其中一个在红莲离开水泥厂那天还没有醒过来。群斗中有人使用私藏的匕首将对方一人的左脸划开,从今以后他再也吹不成那么好听的口哨了,同时他的大腿和左臂各中一刀。比起他们,其余人的伤势并不算重。

那天晚上落下一场暴雨,雨停时,在派出所门口,红莲做完笔录走出大门被父亲当面扇了一巴掌,把她这辈子隐藏的眼泪全部扇了出来,洒在反射着尸骸般白光的柏油路上。

为什么没有项羽呢

我记得，大舅带我玩过冲天炮。两枚一大一小的子弹壳，大的锯掉无用的上肢，下体做炮底，小的必然要磨瘦一点，跟大的相匹配，然后捏上红布条子（好在飞行中平衡），垫两片红纸炮（一种小火药），小的塞进大的，用力往天上扔，一碰地，砰！能冲起二三十米高，影影绰绰地往下掉，有悬念。当时子弹壳很多，也不见有人犯什么事，许多时候人犯事，是因为自己心里有事。心炸了，人的魂魄就会弹出来。一弹出来，人就不好说了。

大舅到苏南做小车司机之后，木场这一边，再无人为图个好玩，把手工制品往蓝蓝的天上扔了，都摆到集市上去卖。人变得"聪明"之后，冲天炮逐渐绝迹。并非日常中绝迹的东西都有人囤积收藏，冲天炮就是如此。只留下记忆底片上那几缕红布条子飞动的灰影，不过，这并不表明我大舅短视脑拙。他为老板开了十年的

为什么没有项羽呢

奥迪,揣摩了他十年,也沉默了十年,只求一条,在老家搞一个分车间,继续为在陆地上奔跑的各种车辆(包括高铁)生产特种扶手。老板的总车间已经为天上的飞机和大海里的轮船生产标准扶手了,地上跑的,分他一碗汤喝吧,好关照关照他儿子大品,也就是我的表哥。

所以我那鬼点子奇多、死爱面子、在木场浪荡不羁的表哥在他二十三岁这一年,名正言顺地当上了"正泰特种制品厂"的经营厂长。当然,我眼红,我的父母可能更眼红,尤其父亲。他虽然爱钱,但他从来口头不提钱,他说人需要机遇,就像保险柜需要一把专用钥匙。而母亲常常挂在嘴边的一句话是,你大舅,不是开车的么?他怎么能不开了呢。意思是,做男人,就得做一辈子,不能变性。当然,也不能续弦。对女人嘛,她倒没有提过这一茬。

是啊,开车,在母亲的眼里就得一辈子摸方向盘,如果摸到方向盘之外了,她就很难再认同原来的大哥。至于我表哥,他那副死皮赖脸的样子,在我母亲的眼里,就好比菜市场里满地的烂菜叶子。而父亲呢,一向与我表哥保持冷静克制的距离,并非油和水,而是钱和乞丐的关系。自从表哥当上厂长后,我父母倒没有势利到一百八十度转弯——难以想象,逆转的是我表哥——忽然间对我极其亲热、周到、细致。

小时候玩冲天炮,表哥极少在场的,即便在场了,也只是观看而已。在道南木场,他笼络了一帮牛鬼蛇神。而现在,这帮人虽然时常联系,但表哥的态度竟与我父亲有几分相似:冷静、克制。换句话说,清醒,绝不同流合污。

这是因为他的一位同学。

名字他没告诉我，祖籍、家庭住址、姿色身高、工作、父母等信息一概保密。哦对了，性别我是知道的，是个女的，与他同届同班。表哥说重复了，同班当然同届喽。他如此重复，我觉得是想强调一个重点：同。一起、一块，或者趣味相投，总之挺合得来的。

"快毕业时，我俩偷偷聊天，她知道我跟我爸正闹矛盾，就劝我，说这个世界上，对你最好的人、最让你信任的，是和你流淌着一样血的人。"表哥说。

这番话，我一回家马上转给我妈听。我爸在一旁默默地聆听。妈听了之后，放下洗碗的手，长长地舒了口气，望着昏黑无比的小院子说："麦子结不出野果子，没错种啊。"我爸干脆倒了满满一碗白酒，那架势好像要将我许配给"特种制品厂"。我呢，此后只要闲着，就往表哥那里钻。与往天空里钻的冲天炮不同，表哥非常热衷于一种令平原地带的人倍感困惑的水上运动：冲浪。

然而，表哥在家乡从来没有体验过冲浪的乐趣，水面、风速等因素的制约，令表哥一时难显身手。他以前在青岛待过一阵子，偶然的一次到海边，爱上了冲浪。此后大舅令他回来办厂，冲浪设备也一并捎了回来：长板、短板、各种蜡、冲浪衣、扣绳手套等，收在"牧马人"吉普车的后备厢内，以备随时下水——愈是狂风大作、暴雨肆虐的恶劣天气，表哥愈兴致高昂。有时候，我久久坐在车内，隔着水淋淋的钢板车窗，看着他头顶大雨，在水坝边的旷地上弹腿跳跃、收臂速跑。热身约二十分钟后，他戴上防水眼镜，夹

为什么没有项羽呢

起长板,走向起起伏伏的水,将长板正对着前方,放平,躺上去拨水,拨到大河中央,有好一会就那么趴在水上漂浮着,等待合适的浪头来。水面剧烈起伏的时候,他踩着长板,多多少少会扭几分钟。但是很多情况下,他空等了半天,摇头晃脑地,失望而归。

"家里的大河嘛,跟小女孩似的,老爱躺着,不动。没啥意思。"他老爱这么总结。

是呀,别说大河站起来,哪怕蹲一下,也足够让人恐怖的了。我们打小熟悉平原,平坦、温和,一眼可以望到天际边的庄稼地和速生杨的灰影;山呢,其实只是逐渐隆起的茶褐色丘陵带,弧度柔软,大约是半卧的角度,绝对没有站立的姿色。而表哥呢,对站立一直深情不止,新城的三条大河我都陪他去过了,用他的专业话说,都是躺着的,没啥意思。逆来顺受,容忍所有拉煤拖沙的水泥长蛇和突突突喝油的机驳船,对那些扎根在它腹腔内永无止境喝沙的沙泵船,无论吨位多少,也一并接受。我们啊我们,多少年来都不以为然——表哥说,哪怕站起来一次,就一次,就够他们受的!以后谁还敢怠慢它?唉,受苦都受惯了,怪谁呀?好像说的并不是一回事。

最后,我们打算去骆马湖。现在旅游业正旺,可以租一条快艇,接一根绳子试试。筹划了一周,瞅一个周末的空当,我随表哥到超市买了些东西,像基围虾、牛肉丸、带鱼、面包和价格不菲的进口零食。后备厢里还有整箱的纯牛奶、方便面、白红酒和两件女孩毛衣。我有些奇怪,就我们俩,顶多天黑就返回,带这么多东西做什么,要野炊?我们也吃不完啊,还有酒。表哥很少喝酒的。还有零食，两个大男人，反正我是不吃，也没见过表哥有兴趣。我猜测，是送给租快艇的？他们更喜欢要钱，钱实惠呀。最令我纳闷的是两件毛衣，一个粉红一个墨绿，纱裙边，配黑丝打底裤，小女孩穿着一定新潮时尚。那问题是，谁来穿？

我什么也没有问他，听着车胎摩擦地面的沙沙声，听着呼呼的风声，一言不发地望向前方，同时紧盯道路两侧，期待着忽然减速、靠边一停的时刻。女人。对了，女人才是表哥此番良苦用心的原因。我放松下来，心里窃喜，雀跃不安地在脑海里描绘着那女人穿着三点式、黑发飞扬地穿梭在微妙的浪花间，与裹着薄薄一层冲浪衣的表哥在密不透风的芦苇荡间嬉戏、深情缠绵的情景。一雄一雌，一仰一合，一上一下，一前一后，这番美景妙极了，难忘极了，我也嫉妒极了，要透不过气来。

吉普车一出城，忽然提速，提了足足十余公里，其间经过两个小镇、一座不甚荒凉的小丘、黄草关水库、火化厂和紧挨着它的殡仪馆。而那山后，在沉寂风化的红壤地里，拥挤着密密麻麻的黑色大理石墓碑，质地坚硬，字体遒劲有力，显然与人这一生有些不太匹配，但不要紧，地下长眠的人是看不到的。而正常人，无论看到或体验到何等浪漫，内心将爱情看得比生命更重要，或认为爱情可以超越生死进入永恒至极的境界，也断不会在此处等待他的心上人。

我庆幸自己没有主动去问，依我对表哥的了解，有事，他会主动告诉我。我的任务就是听。他说，我听，我俩的关系就如此。我还没有考虑过，某一天我说，他听。他接车的头一天，就那辆"牧马人",四十二万,送了一副旅行架,可以安装在车篷顶部,载大件捆重物什么的。为了验证车的负载性能,他给我钱,叫我去买一头活猪。实际上猪不好买,我说实话,猪肉虽然常吃,但活猪真不好买。但我不能去说,让他听,这样不合规矩。我求我爸,屠宰厂他有熟人。猪一百六十五斤,熟人没让一分钱,让给我爸五斤后腿肉。我又出三十块钱,叫爸的熟人安排人送过去。活猪啊,活蹦乱跳的,深知大限将至,豁出命来蹦,四五个人按住往卡车上拖。到了制品厂,又出二十,双车并排,捆在"牧马人"的旅行架上。当时表哥很奇怪地问我:

"你为什么不叫我开车过去?这样不省事么,你也省了五十。"

我说,我没有想起来。实际上我早想到了,我不敢说。我不想让他听。我觉得"说"不是我的特权。就像现在这种情况,吉普车一直往南开,就我俩,一路南行,我不敢说。一会到了一个生僻的十字路口,突然扭头往东,可骆马湖在西,我也不敢说。隔了一会儿,我意识到,我们没有朝任何一条岔路上拐弯,看起来也不像随便找个落脚点玩一玩。我更不敢说。

东向这条路十分僻静,窄,鸭肠子似的,弯道多,两边的村庄时隐时现,表情不一,却未遇见一个男人。上午啊,太阳当头,空气闷躁,那种湿乎乎的犹如发酵过的稻草和榆树根的气味四处弥漫,混合着焚灰的余韵,无孔不入。我也不敢说。

经过一座20世纪60年代的石桥,桥下竟然有溪水,溪水竟然潺潺,潺潺中竟然有妇人在洗衣服,洗衣服那三人竟然来看我们,竟然生得那样白嫩,如淤泥中的白莲藕——表哥笑眯眯地望着她们时，眼神好像在示意我说点什么。就是这种情况，我依然闭口。

"今晚咱们得住一宿。"过了石桥，他终于说了。

"好的。"我回答，却不去问哪儿、做什么、为什么。我就答应了。

"你知道虞姬么？"表哥忽然问。

"虞姬？哪个？你厂里的啊？"

"虞姬！霸王别姬，项羽，东汉末年，哦不对，是秦末，秦朝末年，项羽和刘邦争天下，项羽四面楚歌，兵败了，自杀……虞姬是他老婆。嗯……也可能是情人。我不知道他们结婚没有……"

"刘邦我知道，不就沛县的嘛，离我们这不算远……表哥，你说的虞姬……"

"前边就是虞姬的老家，这个地方很奇妙，方圆十里，净出美女。"

吓了我一跳，我还以为虞姬活着呢。其实刚才那三个女人就很白，美倒在其次，其实也美不到哪里，既然表哥说美，那就美吧。不过虞姬可能真的美妙绝伦，不然项羽怎么会看上她呢。表哥却认为，美跟项羽看不看上没关系，美就是美，不美就是不美，说完他连连叹息，觉得今天的人无缘亲眼看见虞姬的美丽，简直是一大遗憾。我却觉得，表哥虚岁才二十四，心态怎么这么老。

他单身，大舅都急坏了，我心里却高兴，因为表哥一旦恋爱了，我只好闪到一边去，被冷落的滋味并不好受。因此当表哥句句提到"虞姬"时，我兴致大减，不是去冲浪的嘛，神神秘秘地跑到这里来，还要过一夜。

为什么没有项羽呢

我看到了，虞姬像，大道正门矗立的一座五米高的汉白玉雕像。

我记得戏曲中虞姬常常拿着一把佩身宝剑，浓妆哽咽，悲戚戚的，然而家乡的虞姬好像厌倦了战场上的厮杀，素手素装，一袭白衣站在花池中央，双目低垂，娴静、安详。我仔细瞅了瞅她的小脸蛋，发现她像一位没怎么出过远门的小学教师。如果照此推算，她还没遇到项羽呢。听说，项羽家离这儿也就三十公里。

池内无水，亦无人打扫，积攒了一些废料，月季花照样开，有一朵没一朵的，也不觉得孤单。四周静寂无人，晾在太阳底下的东西都给晒哑了，能发音的蝉儿，也困乏得有一声没一声，在毫无欲望的热风里自个儿享受。店铺不多，只有两三家开张，女人和男人大都不知道自己要做什么，有个老人，摇着蒲扇，在一家农机门市前打瞌睡。几只家鸡又慢慢拢回来，表哥决定前去探问，我懒洋洋地转身，摸到一块树荫，漫无目的地四处看。没有风景，只是呆看。

大约十分钟，表哥手遮太阳走过来，我才发现他穿着短T恤，配LEE牛仔裤和橙色棒球鞋。右手的浪琴手表好像针刺一样——在这里，哪怕跟太阳比，也过于耀眼了。

"一会到了，你把东西提下来。"他说。声音冷，可能另外思考着什么。

吉普车发动了，我朝身后瞅了瞅："都提吗？"

"全部。"

我已经猜到了三成。只能三成了，另外的七成我永远猜不到。

"这鬼地方，白白把虞姬晾在广场上，你注意到没有……"表哥忽然扭过头，"没有项羽，你发现没有？怎么能没有项羽呢？"

"虞姬不是大美人嘛，家又在这儿……"

"他们对虞姬又怎么样？不就这样嘛，好像看大门的……这里的人，对虞姬真不怎么地，摆设。"

也许表哥说得对，虞姬生来孤单，死后不该再孤单了，我觉得有了项羽会好受一点。

"到了。"表哥说。

我连忙跳下车，准备搬东西。表哥拦住我说："不急，又不是来送礼的，一会，你喊……喊……你就喊余姐吧，她姓余，人字头的那个余。"

眼前这户人家低矮又瘦小，门头由稻草和几根黑滚木混搭而成，历经风雨剥蚀，憔悴、失神。门边是屋子的侧墙，红砖地基、硬泥墙、青灰色的翘头屋脊，墙体坑坑洼洼的，嵌满弹孔似的小眼，中心有一块黑乎乎的小窗子，估计是通风口，描着一个白色的圆圈——其余部分涂满了分辨不清的字迹，密密麻麻，类似儿童涂鸦。

敲门之前，我们特意到院子后边走了走，正门这一侧的墙体基本完好，另一侧覆盖着塑料布，开裂了，为了防雨吧。院后是一块很大的空地，铺了几层稻草，很厚实，又充实了一部分沙子，耐踩。尽头是一块探出半身的尖角，末端悬空，底下是一面宽展的水塘，死水，汪着散漫无礼的浮萍。塘边杨柳依依，掩映着红砖瓷

为什么没有项羽呢

墙,有的两层小楼,有的三层。表哥心情沉重,不住地叹气。

门怯怯地闪开一道缝,露出一张小女孩的圆脸,大约五六岁,眼睛清亮,下巴沾着木灰,手里拿着一根烧土灶的木棍,见我们很生疏,便扬了扬脑后的小辫子问:"你们找谁?"

表哥却不回答,蹲下来,细细打量着,突然刮了一下她小巧的鼻子,呵呵笑着说:"找你呀。"她的鼻子,与表哥的挺像。

"我不认识你。"女孩一点都不怕他,竖起黑乎乎的木棍,有点挑衅。

"现在不是认识了嘛。你叫楠楠,对不对?"

"对呀,你怎么知道的?"

"我一看到你就知道了。"

"撒谎,骗人。"

"我还知道你的生日呢……"

"楠楠!谁啊?"一个声音喊。院子霎时很静,脚步声移来,女人的声音听上去有点急迫,不及表哥起身,忽地扯开大门,拉到身体全部敞开来,人就突然愣了,僵住了。她欲掩上门,却被表哥按住手。她只好缩回手,手足无措却不知从哪里开始整理自己,两手胡乱地在胸前、围裙和头发上摸着,身子扭过去说:"你看你,你来个电话嘛!……楠楠,进屋来!你小妹快醒了。"说完便快步进屋。

表哥双手按着那块乌黑的破门板,牙关紧咬,仿佛要借着门板的反作用力将体内的疼痛逼出来,突然撤回手,摸出车钥匙,叫我搬东西。

我抱着纸箱,在院子里四处找地方,就看到东首角落里摆着一大一小两口未完工的棺材,旁边杂乱堆放着木工具,我不好放,只好折返,将就着摆在堂屋的门边。表哥久久凝视着那两口棺材,脸色抑郁,一言不发。

女人走出来,好像换了个人:束腰的碎花小衫,蓝牛仔裤,圆口黑布鞋,正绾着头发。楠楠一手拿着陶瓷缸,一手举塑料袋,要求妈妈解开。"来,进屋喝茶,这菊花是打后山采的,无污染,降火……"她腾出手,接过袋子。

"我来吧,你梳头。"表哥说。"你拿这么些东西做什么?"她咬着皮圈,斜眼瞄他。"小孩子长身体嘛。"表哥把袋子又交给我,"我表弟,小名东子,东子,喊余姐。"我毕恭毕敬地喊了声:"余姐。"余姐露出浅浅的笑,两颊却已经飞红了,领口那儿,脖颈依然很白,饱含着年轻的水分。我去泡茶。一只蝴蝶从泥墙后飞来,扇动着黑眼翅子,落在了一块棺材板上。

"谁家里头死人了?"表哥接过茶缸。

"村北头的老汪家,滥酒,晚期了,成了石头,昨天一早咽的气……唉,五十五了,年纪轻轻的,可苦了孩子。"

"那小的呢。"

"谁知道呢,这种事我不去问的。你怎么样?发财了吧。"

表哥忽然有些惶恐,低头搓着手心:"就那么回事……他呢?"

"谁知死哪去啦,一睁眼,没了……没事,他饿了就回来。楠楠!你跑街上买斤肉来——"

"我买了。"表哥打住她,"都买了,所有的……"

为什么没有项羽呢

"那洗点花生！黄瓜和西红柿！都洗了！还有山芋粉条——"

"我来洗，"表哥按住她的手说，"别让小孩子做。"

余姐脸一沉，拨开他的手说："你不懂，她妹妹这么小，她不洗，谁洗？指望她爸？他还不知指望谁呢……你呀，城里头娇惯了，不了解乡里人的艰辛。"

"她、她才四岁不到吧……"

"你要心疼……"她睃了我一眼，"就带她走，楠楠？楠楠？你叔叔要——"

这时门吱扭开了，一个身材粗短、圆脸秃顶、卷着裤角、穿着灰蓝布工装的中年男子走了进来。与此同时，我看到余姐脸上刚刚泛起一抹红晕忽然间消失了。

午后，天开始泛阴。

表哥建议喝点红酒，对身体好。老朱一手拿碗，一手拿玻璃杯，眼光在我和表哥之间忙碌着。小的喝白，大的喝红，两种规格把他难住了，不好决定，又不便当我们的面征求老婆的意见，当然也不愿马上妥协，便说：

"红有什么好？我不喜欢红。我八岁喝酒，第一口就是白的。"

"你第一口吃的是奶，现在还吃吗？"表哥说完怪笑。

老朱脸上的皱纹开始往肉里缩了，缩得很实，是笑。他笑得挺自在，也因为家里罕有客人来，酒菜又丰盛，便捋起肌肉鼓鼓的胳膊，裤角拽到毛乎乎的大腿上，光脚踩着阴凉的水泥地，身子攒足了劲，一醉方休的架势啊。

"这样吧,"表哥深情地望着他,"先来红的,喝喝再说。"

老朱立时一拍裂缝的桌子,"这样还差不多!满酒!我先敬老婆的厂长同学!"

表哥一边抿酒一边剥虾,剥了半盘,红酒只喝下一点,而老朱把红酒当啤酒喝,一瓶已经下肚了。我又旋开一瓶,老朱嚷嚷着没劲没劲,要白的。表哥把两个孩子喊过来吃虾,五香牛肉也端过去,说老朱啊,酒无所谓的,我陪你,你让她跟孩子上桌一块吃吧。在这个破败的院子里,老朱显得很权威,坚持女人和孩子不能上桌。表哥扭脸对我说,你看吧,立那个虞姬像,无非是做做样子给人看,两千年了,一点也没变。老朱当然晓得虞姬,说自从立了像,生意就不太好。他是木匠,男人的职业,祖训传男不传女,现在,他只有两个女儿,手艺面临失传,再者生意惨淡,哪怕做棺材,用上的也没几个。

"人那么容易死吗?不容易的,总得活个六七十,沙塘对面的沙婆子,今年九十五啦,指望她?不得活活等死呀……"老朱大嚼着一块牛蹄筋说。

"除了棺材,你还会做什么?"表哥蹙着眉问。

"只要跟木头沾边的,我都会……你,有活儿?"

表哥点点头,看了我一眼,我马上给老朱倒白酒。听过表哥的简单介绍,老朱忙催上菜,猪肉炖茄子,茄子入口即化。他拉住老婆的手,命她立刻敬两杯。余姐看孩子吃得正香,柔柔地看了表哥一眼,拢了拢头发,轻轻坐下来,腼腆地笑着,慢慢端起玻璃杯,却不知怎的,眼睛红红的,泛着雾蒙蒙的泪光。酒一触唇,她立即

为什么没有项羽呢

停住,好像那酒烫嘴了,等了有五秒,她一闭眼,手一抬,又一抬,喝尽了。也许被突然而至的酒气呛得,她来不及举筷,掩嘴往门外跑去,过了一会儿才回来,红着脸,一边抹眼角,一边笑着解释:

"这酒太呛人了……"

"是好酒,烈!闻着烈,可喝着香!娘儿们不懂,净知道哭……来来,我们继续比掰手腕。"

我跟表哥轮流上阵,轮流输。老朱的手腕太有劲了,五根手指一握,简直是钳子,让你使不出劲,接着稍稍一带,一勾,你就趴下了。举东西,像碾麦子用的石磙,也得七八十斤吧,他单手能举十来下。表哥酒意正酣,一听,笑眯眯地看着余姐,无声地丢了几个只有他俩才能意会的眼神,我还注意到,老朱说话已经不利索了。这时,表哥从兜里摸出一副扑克牌,接着掏钱。两个孩子,一人给五百。余姐坚决不要。表哥加一倍。余姐更不要。表哥又加了一倍。三千块了。说你答应要了,我就不再追加。"要"的语气很重。余姐看了看他,很无奈地说:"那好吧……好吧,其实你没必要的,拿了这么些东西来……"

表哥不再理睬她,我跟老朱一人三百,专心玩牌。输了,不愿给钱的,用酒代替,一直玩到淅淅沥沥地滴起雨来。这雨细,密而轻柔,我们听到雨声时,地面已汪起了一层水,啪啪弹奏着大小不一的水泡。偶尔三五声犬吠,衬得整个村子和将来的夜晚愈加宁静、如初。而暮色渐渐隆起,由那种丝纱状的灰雾引着,遮挡了田野、桑树林、远远近近的屋脊和我们的清醒。各种植物气味混合,已无心辨认，只听得清一色纯净的雨声寂寞地吟唱着，芭蕉和石榴树翠色正滴，黑燕子一带而过，塑料布也在低吟，正门的草檐下，雨滴啪嗒啪嗒。

老朱一输便饮，再输再饮，最后一醉不起，一摊灰泥。我们合力将他抬到偏屋的远床上，他平时睡的一张藤条床，余姐睡另一间房，中间隔着一道裂缝的厚墙，她搂两个女儿。这时天黑下来，表哥让我去镇上找一家宾馆，登记好之后回来吃晚饭。余姐正在煮香喷喷的鲜玉米稀饭，需要好久。楠楠带着妹妹玩那副扑克牌，我也不饿，晕乎乎的，眼看雨势不减，遮蔽了老朱的鼾声，他们又好久不见，时机渐渐成熟，我躲开最妙。

我揣摩的情形大概如此：表哥和余姐同班时互有爱慕之心，因为机缘未到错过了，那时候表哥混得不怎么的，现在发达了，特地回来显摆一下，以答谢余姐当年的一番情谊，再满足一点小小的虚荣——因为她过得并不如意，于是接受了，以温情回报，表哥再施以温度，加热、沸腾，在这样一个意外而缠绵的雨天。或者以默默关怀的方式，让她看到单调贫乏之外的一丝曙光。为她，为老朱，为那两个孩子，我相信表哥能够做到的。

表哥不是那种无情无义的人。至今，他仍然珍藏着两套冲天炮，小时候我们一块做的，大舅带我们玩过。他告诉我，大舅这一生，就是充当了一枚冲天炮的底座，轰！用尽平生所有的力量，让表哥飞起来，飞到天上。炮底永远留在地上。这也许就是炮底的命运吧。

坦白地说，如果不是我大舅，表哥的命运就是在货场里做点小

为什么没有项羽呢

生意或者到哪个厂里打打工，指望一点工资养家糊口；最大的快乐就是和六七个工友喝喝酒打打牌，买买彩票，暗地里倒腾点不劳而获，做做家务接送孩子。一旦某一天身体有变，则戒酒戒烟，蜷缩在小小的角落里惊慌度日，盼望着早点领到退休金，以免给子女们添麻烦。冲浪？哪怕终身免单，在汹涌狂啸的大海面前，断不会有那份兴致和决心的。至于会不会脑细胞犯晕，冷不丁跑到虞姬的老家来看望一个曾经的女同学——不论出于何种心思——也是不大可能的。

他以为自己真的是项羽那样的乱世豪杰啊。狗屁。

我订了两间房，也称不上宾馆，农家的小富楼，靠街，大雨淋淋的，难得看到亭亭玉立的路灯。雨大了，推开窗子，街面上已经积满了欢快多情的水泡，不见一个人影，偶尔，恍惚传来车胎拨水的嚓嚓声，以为在做梦。

我在床上躺了一会，看头条新闻，不知不觉醉睡过去，一醒，再看时间，九点半啦。马上开灯。第一个反应是身体上的，口渴下急。第二个反应才闪入脑子：表哥呢？去了趟卫生间。漱了口就去隔壁。不见亮光，又试着敲门，亦无回应。我所知道的是，平常，他的夜生活才刚刚开始。

手机屏显示，表哥把我遗忘了。五个多小时，他没来电话。我从诧异，到嫉妒，联想到那两具棺材时，不免感到惊悚。到最后，我又有点好奇。表哥总那么神秘，有时候虽然张扬、摆阔，比如拿旅行架绑活猪，也不是一般人能想到的。他敢想，敢做，而且雨越来越大——有什么不可能的呢？

接下来我琢磨着，该差不多了吧。快十点啦。便试着拨过去。空音。

我向房东借了把伞，夹着文件包，把手机照明灯打开，往余姐家赶。有的地方积水很深，我不得不绕道，而小路实在太黑，两边的住户大都睡了，那泥噢，黏在鞋底上，拽都拽不掉。雨点不知何故竟然又大又密，打得伞布砰砰响。我就觉得，像这样的村庄实在毫无浪漫可言。

门锁了，一把小铁锁，战战兢兢的，接受雨点的敲打。有灯光溢出来，推了推门，从闪开的门缝里，我看到灶台上方吊着一盏黄澄澄的灯泡，泛白光的是那两具棺材，我才发现它没有盖子，大敞着，阴森森的白牙，像在等人来。我记得它是有盖子的，中午那会，我亲眼见到的，怎么到了夜里盖子不见了呢。究竟有没有盖子呢？我的思维就在这里打住了。

房屋三间，黑漆漆的，不漏一丝光源，老朱一直在昏睡？他的两个女儿也睡了？不是余姐搂着睡么……我真是迷糊了。

吉普车停在门口，耷拉着眼皮，在雨声里沉睡。我伏近车窗朝内瞅了瞅，敲了敲，忽然记起车钥匙在我身上。我们到了之后表哥就把钥匙丢给我，叫我搬东西，我也一直忘在身上。一翻包，万幸，没丢。再看这条沉寂的巷子，实际上还挺宽的，空余地方能容纳一辆平板车，为什么始终觉得窄小呢？噢，我忽然明白是余姐家房门的原因。它给我就是那种印象：低矮、瘦小，黑巴巴的。

我坐到车上，发现表哥没带手机。只好等啦，等余姐回来。她

为什么没有项羽呢

回来了，我想表哥也就回来了。其他的可能性几乎没有。但面对消沉的雨天，以及惨淡的路况，在心情允许的情况下，他们又能去哪里呢？也许他们选择了另外一种放松方式：故地重游。至于故地在哪里——我已无心猜测——扭开电源，按CD播放，音量调低，有点气氛掩饰雨声就够了。

时间一分一秒地过去，饥饿感一阵阵袭来，车内又闷又热，我打开后座的车窗，另一边也放开一半，让清凉的雨风吹一吹，挺舒服。接着翻找东西吃，都怪表哥，非要把所有吃的搬走，一件不留，也怪我，就不能留一点给自己？启开一瓶矿泉水，以水压饿吧。等了近半小时，我看到有亮光接近。我本想下车照个面的，然后进屋，喝一碗喷香的玉米稀饭——估计早就凉透了，炉子也闷上了——何必麻烦余姐呢，忍忍也就过去了——更重要的是，我命令自己下车的，可是身子就是不动，所以我也就妥协了。看来我还是没什么心情——对这个地方，对这样孤清的夜晚，配以自己微不足道的角色——我对心情感到麻木。

一把伞。表哥撑伞，余姐开的门。隔着湿淋淋的玻璃，我看到余姐似乎扭捏了一会，还是被表哥一手搂住了。接着他们都在黑影里了。多么奢侈的时刻，我渴望好奇，他们也不愿被我打扰呀。我看得耳热心跳，唾沫发麻。此刻，我想余姐是没有力气开锁的。

其实女人的可悲之处正在于，没有力量。

激动之余，我也害怕车门被突然拉开。表哥的思想里，已经没有"锁"这一概念了。我悄悄地把车钥匙往回扭，断电。抬头时，突然看到他们分开了身，余姐扇了表哥两巴掌。表哥睬着自己，并不还手。余姐又扇了一巴掌，很脆，像鲜黄瓜：

"什么叫有性就结婚？我告诉你，他从来不喝醉的！"

"他知道？"

"你想呢？"

"那又为什么？"

"为什么，为了我们呗，为了楠楠，为了小英，为了让你尽兴……你回去吧，我到家了。"

"明天，我冲浪去，你不去啦？"

"你冲吧，你浪去，那是你们这种人玩的，我们只能做棺材。"

"这深更半夜的，你说什么棺材呀。"

"没到时候，到时候你也要一个。"

这时，隐隐滚来一阵噼啪的雨雷，而闪电早在天空里消失了。表哥点了根烟，探头朝院内瞅了两眼，恋恋不舍地说：

"其实生活就是这样，突然有一天，它没有电了，不走了，停了。"

"你回去吧，我们不是上学那会了，没事就跑到操场上抒情，不早了，走吧。"

"你不心疼啊？"

"有空你就来……看看楠楠，老朱是老实人，他知道我……我不是那样的。"

"在这个地方，这个小镇……"表哥望着伞沿外黑洞洞的天空，"人长得美，好像犯了什么事……好像犯罪，我不大喜欢。"

我看到余姐将伞递给表哥，过了一会，门轻轻掩上了。表哥没

为什么没有项羽呢

有追进去,而是静候在门外,扔掉烟头,把雨伞丢在吉普车的引擎盖上,活动了一会四肢,就像准备冲浪似的,脱掉T恤,扩胸弹腿,接着往大雨深处跑去。

我有一种感觉:他知道我在车里,就在他的眼皮底下。他把伞留给了我。

我马上收拾东西,下车,撑开雨伞去追表哥。他还不知道是哪家旅馆呢。

刚走两步,我听到身后传来异响,扭身看时,是余姐。她又把门拉开了:半身隐在黑暗里,另一半在院内灯光的照射下,和雨水一起发亮。她正在以那种无限哀愁的目光望着我,我也清楚,这也许是我跟她的最后一面了。这世上,有许多人正等着我去认识、去交往,不久我会爱上某某人,最终我会和某某人过一生,把她刻在那块近乎永恒的岩石上——但是我永远忘不了余姐似要向我招手告别,又似向我倾诉一切的艰难样子。最终,她藏回了一切,整片身子漆黑,永远把那扇门拴上了。

第二天,表哥一直等着余姐来跟他告别。那架势和信心,好像余姐不来,他就不走了。若是这样,余姐是希望自己来呢还是不来?基于昨晚的一幕,我推测她该来,但不愿意来,怕被别人看轻。还有一个客观原因是,这个村子很小,说不定房东与她相识,或面熟。再小的村子,闲话也不受约束啊。

表哥焦躁不安,接近中午了,竟然一点胃口也没有。

"瞎忙什么呀,你余姐这人吧,就喜欢瞎忙⋯⋯"他像为自己正名似的,"不过人呢,倒不赖……唉,你也看到了,其实像你余姐这样的,这辈子,也就这样喽……做棺材?真滑稽,我都觉得不自在……棺材是做给死人的,是为死人做的,你看,把人做死了吧?这个行业有前途吗?靠死人赚钱,唉……"

"表哥,余姐不来啦,咱吃完饭走吧……你不说要冲浪的么?"

他在冥思中索取着什么,似乎没听到我的话。

"表哥?表哥?……"

他忽然回过神来,缩着眉问:"你刚刚说什么?靠死人赚钱?谁?"

"我没说啊,是你说的。"

"我说的?是吗?哎呀,我有点饿了……"

"对,表哥,真饿了,你要下楼吃饭的。"

"是吗?"他挤个鬼脸。

"是啊。"我肯定地说。

简单扒过午饭,连同住宿费结清之后,表哥坐到驾驶位上,扭头问:

"左还是右?"

旅馆朝南,左是入村,右是出村。

我往右指了指。出村。

"项王至阴陵,迷失道,问一田父,田父曰:'左。'左入大泽中……"表哥猛打方向盘,车往左扭去。

"我掉进去啦……"他哈哈大笑。

不过到了巷子头,他把吉普车停下了。我们步行。

为什么没有项羽呢

我不得不佩服表哥,他对时机的把握真是绝妙:老朱刚走。余姐的态度颇为冷淡,从她潦草不整的衣服和暗藏在眉宇间的怨气上判断,原来的计划可能被一场口角之争打乱了。楠楠惊惶不安,只有两岁的小英子玩得像只小喜鹊。

"你来得正好,"余姐放下菜刀,拿围裙擦拭了手说,"这钱你拿回去。"

余姐拿着一只鼓鼓的信封,走到表哥跟前,把信封递着,横在他俩身体中间。表哥不接,往前迈了一步,正好将信封挤在她怀里,连同她的手。这样一来,余姐只好将信封贴在胃部,好像胃疼似的,却不退步。表哥再进一点时,她忽然抽出手,但马上被表哥捉住了手腕,除掉她手里的信封,仍旧放回窗台上。余姐又羞又气,对于表哥的这种蛮横无理,她一点办法也没有。

表哥忽然想起什么,掏出钱包,抽出一张银联卡,塞到信封里,然后在信封上压了一只破瓷碗:

"你在提醒我懂么?你提醒得很及时、很正确,我忘了这张卡才回来的,密码是生日后六位。"

"我不知道你什么生日……"余姐想后退,被表哥一把拉住胳膊:

"是你的生日!我是给楠楠的,给小英的,老朱的意思是老朱的意思,我是我,我不是别人,我就是我!你是不是你我不知道,我,就是我……"

这些字像一连串呼啸而来的子弹,把余姐击晕了。

"好了……"表哥终于脱胎换骨似的昂起头来,"我们该走了……"

太阳没露头,仍然被铅灰的云层遮掩着,用不了多久,这些灰云就会自动消失,太阳重新炙烤大地。表哥默默扫了一眼破落的院子,指着一块塌了半截、覆盖着塑料布的土墙说：

"天干了,从这一圈打倒,屋子,该整的整整,啊?"他瞟着灶台,"我们到后边方便一下……"

就是那块宽阔的水塘。大雨之后,水位升高了,水色浑浊,我们站在突出的尖角上,俯视着深深的坡底。几只鸭子若无其事地戏水捕食,对面,一见便知,算是庄子里的富户。表哥突然一扭头：

"喂,我们冲个浪怎么样?"

我探出柔软的脖子："往下跳呀,挺高的。"

"她家不是有两口棺材嘛,拖出来,你一个我一个,我躺到里面,你往下推。"

"棺材?"

"啊。要不我蹲在里面,走走,拖棺材喽……"

我知道表哥从小喜欢捉弄人,他的想法一时唐突、狂野、匪夷所思,每次做过了头都要挨大舅一顿痛揍,他却笑嘻嘻的,根本不当回事。气得大舅有一回把他埋在滚烫的沙子里,八月的天,沥青都烤化了,他褪掉一层皮,皮还没好利索,狂病又犯了。到了今天还是老毛病。不过棺材不像冲浪板,轻,拨风,棺材太沉了,只会掉头往下,直到闷到水里。

我忽然意识到,或许在表哥看来,棺材就像鸭绒那样轻,只要轻轻一推它便往空中飘去,飘来荡去的,听凭风的柔情,在水面上

为什么没有项羽呢

滑翔,他则站在棺材板上,寻找着魂牵梦绕的浪头。一浪上来,一浪下去,一浪接一浪,也许最终,棺材里灌满了水,又沉不下去,我只好找根绳子把他拖上岸。

我们最终没有去冲浪。乡间公路上,我看到一行行白色的水鸟从溪边的柳梢上飞过,古老的农具闲置在田野间无人问津,烈日洒下的余晖变得相当温柔,给人一种季节错乱的感觉。表哥默默地沉思,一句话也没有,好像他的魂魄从吉普里飞了出去,飞到了更久远,甚至永恒的纯净世界中。

我有一种奇怪的感觉,我们哪也没去,所发生的事不过是打了盹而已。我往后备厢瞄去,是啊,几乎空的,我跟表哥正在去冲浪的路上,什么也不需要买。我们只是去一会,跟着就回来了。

开到省道上,车辆穿梭不止,表哥把车停靠在路边,点了根烟。余晖渐渐消沉,变得陌生——好像是那些暮色中的村庄、剪影般的树林和流动的车辆让它逐渐远离了我们——直到眼睛再也触不到,这个世界才可以让我们接受。它一刻不下沉,我就一刻不认得它,直到它沉下去,黑夜涌来,我才认得它。

这时候表哥似乎清醒过来,玩着手里的ZIPPO打火机说:

"有天晚上,我爸又训我……我心烦,突然想到毕业都一年了,真快,有点小伤感,想找个同学聚一聚……找了一拨人,都有事,心想最后拨一个拉倒,管他是谁,结果是她,听我一说,居然答应了……

"我完全是开个玩笑,试探着玩的,我说我们喝点酒吧,她说行啊，你知道完全不像上学那会纯情，简直就是在引诱我……然后我说咱们唱歌去吧，她说好啊，她喝了很多酒，说她这一生已经死了，我不知道她是什么意思，可能遇到什么大事了，我真不知道这世上还有比我更不痛快的人，而且是女同学！我头一晕，管她呢，既然要死，大家一块死算了……

"真没想到，这么多年，我居然活过来了，活得比一般人都要好……你知道这是什么感觉么？……你突然觉得自己是一个特殊的人，是一个能让人死而复生的人。你懂我意思吧？"

说实话，我似懂非懂。

表哥长舒一口气，如释重负般地说：

"其实一个人，明明知道自己已经死了，还要挣扎着强活下去，明明知道没有希望，还要想尽办法，给自己找一点希望……我是很佩服的。我的生活也一样，到了某个阶段，如果不动弹的话，也就等于死了。我觉得这倒不重要，如果我能让别人动一动，他不就活过来了嘛，如果每个人都这么做，你看，多好。"

表哥结婚那一天，我又看到了余姐。

迎喜的一万响鞭炮一响，人们纷纷举杯动筷，大厅前的婚庆舞台上，司仪洪亮的噪音响彻整个酒店，因为美丽和奢侈，服务员都忘记了上菜，我只得一遍遍催。有人要红酒时，我去外间的礼台上取，接着，叫服务员拿开瓶启子。

回来时，走廊上，一通红色耀眼的光亮，我看到一个黑衣人站在卫生间外，安静地望着斜对面的心形舞台。有点眼熟。

为什么没有项羽呢

  当她的脸稍稍侧过来时,我认出来了。是余姐。心里不由得一凛。

  分明有一朵纸质的白花悠然地伏在她的右臂上。那宛如白蝶一般的花色让我顿时纷乱了方寸,险些将红酒洒在如血一般殷红的地毯上。

远　方

1

　　父亲把上衣脱掉，浅灰色的夹克衫扔在座位上，空气被封闭在汽车里，让我听不到外边切割机的噪音了。父亲身上有一股淡淡的柠檬水香味，母亲说可以用来驱避蚊虫。蚊子不喜欢香味的。父亲也换上一双崭新的厚皮靴子，黑色的，他试着用脚踩试几下油门和刹车板，感觉到合适后，对我说："坐好，出发了。"

　　阿湖村是父亲小时候生活过的地方。我不知道它到底在哪里，父亲说在北边，你去就知道了。父亲坐在我身边，专注地驾驶汽车。我喜欢他专注的样子，他的胡子刚刚刮过，很干净。他微调一点车窗，让新鲜的空气吹进车子里。汽车匀速行驶，穿过热闹的市

为什么没有项羽呢

区，驶上尘土飞扬的扩建马路，我仰头看到一幢幢建造中的大厦和楼房，隔着暗茶色的车窗玻璃，它们好像是用画笔画在外面的。

庄稼的颜色都差不多，我叫不出它们的名字，也不想问父亲。今天是周六，马路上有许多匆匆赶路的行人，河水是浅褐色的，父亲指着前方的一座石桥对我说，这个桥，比我年纪还大。那个村子，你看到没有？父亲指着另一边——我象征性地望了几眼——是你的姥姥家。他们过世了。那个村子对我来说太遥远了。但是，那个位置，我记下了——在这座石桥的平行线上。两个遥遥相望的小点。接着，它们很快不见了。

见我蜷缩在座位上，父亲说："一会到了地方，你先得把靴子穿上，嗯？"

我疲倦地点点头。

"真真，打起精神，我们是去看沙婆婆，她小时候救过我的命。这次去，爸爸是想把她接到城里住，那个村子，环境不太好，所以呢，我才叫你穿上靴子！"

"靴子是下雨天才穿的！"

"我知道，"爸爸说，伸手摸到我的脸，"真真听话。"

我抓住他的手，想靠近一会，可很快它就缩回去了。路颠簸起来，我直起身子，风忽然变大了，落叶纷纷扬扬的，也好像急着赶路一样，到处是它们模糊不清的影子。

"这么多的树叶呀。"我惊讶起来。

"是啊，秋天了嘛。"父亲说。他的手那么温暖。

2

　　我们抵达小镇。沙婆婆的村子还有三公里的沙土路。车子慢慢行驶，行人稀少，沿街的许多房子都把门打开了，但几乎看不到人影。一些老式的泥砖房子隐藏在快要落光叶子的杨树林后边，我只能看到它们残破、苍白的轮廓，父亲说，新鲜的东西都是做给别人看的。沙路朝前方延伸，两边的建筑都使用颜色相似的外墙瓷砖，三个老大爷蹲在门口晒太阳。我们经过时，我看不清他们脸上的表情，等父亲为了问路从一家超市走出来时，那个营业员姐姐隔着玻璃窗，一直目送着我们离开——她的大眼睛好像滴过眼药水，又像刚刚哭过，显得忧伤而无奈。印着"驱虫剂"的小黄旗在风中飘摆，风儿也送来干燥的稻草气息，家畜在树荫下摇尾巴，不停地驱赶蚊虫和苍蝇。经过一家简陋的古铜色油坊时，父亲回忆起来，那是以前小学校的旧址。油坊的门檐上挑着几双鞋，有布鞋、棕皮鞋和一双高筒胶鞋。我知道了，那是提醒我们注意埋伏在水边的沙虫。父亲念念不忘的是小学三年级的冬天，下着大雪，他要五点半起床，穿过水库大院后边漆黑的小山头，一直走到闪烁着亮光的小镇上，再走半里路才能到学校。早读两小时之后，再回家吃早饭。至今父亲都无法理解自己幼年时的勇敢和忍耐力。据他了解，这种吃苦耐劳的教育并没有培养出有能力的大人物，相反，他的那些同学——用他的话说——都非常平庸。他曾对我说过——班上最漂亮的女同学，十七岁就跟一个木匠结婚了。他在大学毕业那年遇到她时，她已经是三个孩子的母亲了。他是在她丈夫的注视下离开的。而男同学，我想，父亲即便见到也认不出他们。在父亲看来，有些人注定要湮没在人海中的。对于我，父亲并没有提出过高的要求，可我微微感觉到，父亲只是不想把它说出来而已。或许，今天父亲把我带到这里，是希望以另一种方式告诉我吧。

路况很不好，坑坑洼洼的。两边的田地十分荒凉，有水的地方几乎都没有庄稼生长，我们好像置身于空荡荡的旷野中，在我心里，它是一个十分遥远的地方，干燥、陌生，用数学老师的话说——无法将它们归类。行驶了好久，前方终于出现一栋带有小院的房子。父亲命令我穿上靴子，喷上驱虫水。我们才下了车。

我抓住父亲的胳膊，慢慢朝一座土坡上的屋子走去。

屋子模样平常，屋脊朝两边翘起，门窗和电线严重老化，几只野鸽子在我们的惊动下扑棱着翅膀飞出窗子，消失在静谧的草丛里，接着是一只花野猫，嗖地蹿上屋顶，盯着我看。紫藤失去人的照顾，反倒生长得旺盛繁密，几乎把所有土石的地方掩埋了。一把生锈的砍刀嵌在红石缝里，父亲用力握住刀柄，拔在手里，细细打量着：

"知道这是做什么用的吗？"

"砍柴呀。"书本里有。

"这种刀，刀柄短，刀身长，刀锋钝，砍不了树的，这里的人用它来砍鱼。小时候，水库一放水，他们就一手一把砍刀，等水停了，在水汪里砍鱼。"

我无法想象那样的情景，太血腥了。

"那时候，有许多种鱼的，大鱼，现在——"父亲叹了口气，"都不见了。"

随后，父亲朝前走了几步，指着一个方向说："再走五六里吧，就是双马湖了。沙婆婆的儿子，应该在那里淘沙子。听说，他有两条驳船。过一会儿，我们去那里。"

"还要走呀。"我十二分的不情愿，"爸爸，我累了。我们回家吧。"

爸爸叹息道："很多人，打小生在这儿，长在这儿，可是，对这里没有感情了。"说完，他把刀重新插到石缝里，石粉哗哗落地。"这是红石，"父亲介绍说，"红色是革命的颜色，现在我们住的都是框架式的钢筋混凝土，人人都把自己的房子装饰得漂漂亮亮的，但没有人想到这里，没有人在意它。真真，你学了历史，人类最早的时代，是不是石器时代？"

"是啊。"

"我想，石器时代就有沙虫了，但那时候它不会攻击人的，现在情况变了。我们盖房子需要沙子，我们有了漂亮的房子，就等于沙虫没有了房子。很简单的，我们为什么不一直使用红石呢？"

我不知道。我头一回见到红石，感觉就像打磨家具的砂纸。

"跟你讲这些很不公平的，你还小啊。"

"我已经上高一了！"

父亲笑了。他摘起一朵蓝色的牵牛花，插到我的头发里。我们望着颓败的屋子和悬浮在远方的白色地平线，泛黄的叶子堆积在褐色的紫藤树上。一路上，我已经习惯了树叶的飘零，但此刻，偎依着父亲的身体，我第一次感觉到，它们的身上，散发出一种难以用语言形容的凄美和孤独。

3

沙婆婆一生最大的遗憾是她的女儿。她小名槐花。父亲统计过，槐树是这里分布最广的一个树种。每年四月底五月初，累累的槐花压弯了树梢，在上学路上，父亲无数次被那种香甜的气味袭击，在气味最浓烈的时候——父亲形容说——就像女人的粗辫子摔打在你的脸上。你想啊，漫山遍野都是女人甩动的辫梢，那是怎样动人的情景？母亲对他的话表示怀疑，那样不但不美，反而显得妖气。他们最后辩论一个问题：女人的头发，究竟是扎在一起好看呢，还是自由散开来好看？

按年龄或辈分，父亲都应该称她"槐花阿姨"，她是小镇上有名的"辫子美人"。那时候，父亲才上小学三年级，我无法想象一个十岁的小男孩盯着美人看的痴迷神情。在父亲大致的描述中，翻过水库大院后隆起的土坡，那条清澈的小河里有甲鱼、螃蟹和宛若秀发的水草；河对岸长满了槐树，这边有一座石拱桥。他每次都看到槐花阿姨抱着一只大木桶，慢腾腾地走下青石阶，走到水边，脱掉白袜子，挽起裤角，露出比袜子还要白的小腿肚。初夏，流速缓慢的河水像一面镜子，槐花对着它整理上衣，把长长的辫梢咬在嘴里，卷起袖口，然后将衣服放在一块平坦的青石上，用木棍有节奏地捶打。桥上站满了男人,他们吸烟嗑瓜子,把烟头和瓜子壳吐到桥下边。槐花阿姨喜欢被人围观,当她洗完了一遍,发现身边没有其他女人陪伴时,她就把衣服再洗一遍。

父亲说:"星期天,她要洗一个上午,我早晨上学时看到她在洗,中午放学时,她才刚刚洗完。那些男人的眼睛一直追着她走进粮管所的铁门口。她嘴里哼着歌,袖口和裤腿都没有放下来,我跟你说,她的皮肤真的很白,就像白鲢鱼的肚子。"

"那个男人呢?"母亲问。

"他当时也在桥上,就算不在桥上,也应该在岸上。"父亲说,"水库的作用是上游蓄水,下游有需要,闸门一提,放水。一放水,水流很急,有个星期天,可能槐花不小心吧,捶衣服的木棍给水冲走了。第二天,有个长相周正的小伙子把那根木棍送到粮管所里。槐花就跟他好上了……"

每次提到那根木棍,父亲都把话打住,望着我和母亲,见母亲没有发表反对意见后,他再朝下说。可能除了极少数人,没人知道那个小伙子的姓名,包括父亲。槐花是粮管所的记账员,有人来卖粮食,有人负责过磅,有人记账,有人入库,总之,都是为粮食服务的。听说,槐花记账时很少抬头看人,只听过磅人的声音:3号170斤!3号180斤!3号70斤!当报到4号时,她才把头抬起来,用她的大眼睛瞄一眼麻袋,再把头低下去,再也不抬头了。

我们班上的杨静也是这样,人都说她傲气,不合群,可她跟我很要好,有些话大胆得吓人,骂人说谎都不在乎。父亲说槐花也大胆,和男友去食堂打饭,一起回宿舍。男友是城里人,住在名声不

为什么没有项羽呢

太好的西小街。母亲讨厌这个地方，男孩不学习，女孩不学好，街上很乱，每晚都有人被抓到派出所里。可那个男人不在城里，在乡下住，又从城里提来一台四喇叭收录机。乡下不是每天都收粮食，农闲的时候，他们就在宿舍里听歌，连晚饭都忘记吃了。

录音机里的流行音乐是很珍贵的，它带来的快乐也很难忘。那段充满音乐的日子，大概是槐花一生里最快乐的时光。

那一年，粮管所里有人结婚，父亲被长辈们安排去"滚床"。我以为滚床就是安排两个小男孩在新郎的床上滚来滚去，父亲说村子的习俗不光是滚，是睡一夜。他和另一个男孩一直睡到天亮，也没见到新娘，他们都很失望，好像被长辈们欺骗了，因为他们说到滚床时都很兴奋，跟自己结婚似的。

不过那个夜晚依然令人难忘。房间干净而温馨，散发着成熟的香水味，我怀疑那时候是否有真正的香水，或许是香皂吧。父亲小的时候，奶奶从不舍得用香皂洗衣服，都用一种黄颜色的怪味肥皂。香味令人印象深刻，大约是稀少的缘故。一台双喇叭收录机摆放在床边的斗橱上，蒙着一面鸳鸯戏水的红绸布，父亲就有一种幻觉，这是槐花的床，他睡在槐花阿姨的床上。天亮时他以为新娘就是槐花呢，他没见到新娘，也没见到槐花，他就把那块红绸布偷走了。

男的回城，回到西小街，槐花也想进城，希望把她领走，为他洗衣服。可是西小街只是条街，不通河，洗衣也不用木棍，而是用自来水和搓衣板，条件好的人家用洗衣机，一通电，十分钟就把衣服洗好了，很省事。

父亲说，那小子也觉得亏欠槐花，把那台收录机留给了她。假如我的经历像她一样，喜欢上某个男生，望着蓝天，一起听流行的音乐——那就是恋爱了。

槐花阿姨呢，似乎一直在等着，等着男友回来领她，好像那根被水流冲走的木棍又会奇迹般回到她的手里。

过完那个暑假，父亲四年级了。他们发现，槐花仍到河边洗衣服，与以往不同的是，她常常抱着一盆衣服慢慢走到河边，回来时，衣服仍原封不动躺在盆里：这是粮管所看门的李大爷说的。不过，最让人揪心的是，槐花经常晚上出门。白天，她经常记错了账、记错人、记错许多发生过的事情。

第二年，父亲随爷爷进城。临行前，他带着家里的黄狗去向沙婆婆告别。那是一个阴沉沉的春天上午，粮管所的草坪上停放着两台生锈的扬粉机，高高的手臂伸向天空。他走到后院，看到沙婆婆家门前两棵高大的水杉树，房檐下挂着一串串红辣椒和风鱼干。鱼头双眼瞪天，嘴巴外突，模样恐怖。父亲不喜欢它们那副样子，低头走进小院。沙婆婆不在家。槐花阿姨的房门上锁了，他趴窗看到平整的床单和摆设——和以前一样。石灶上晾着煮熟的山芋干，有黄心和白心两种，父亲爱吃黄心的，他揣了几块一边走一边四处看。水缸漂着几片树叶，一只花蛾子落在缸沿上，一动不动。这时，黄狗突然抽动鼻子，好像闻到了什么气味。

谷仓内，槐花阿姨端坐在紫漆方桌前，长长的辫子解开了，像一面黑色的披风。她手持一把梳子，桌上立着三面镜子，她就那么僵硬地挺直脊背，许久才把镜子里的目光移开，望着胆战心惊的父

为什么没有项羽呢

亲问：

"我是不是老了？"

她的脸色像使用很久的橡皮擦，周身散发出梅雨季节槐树皮的气味，迟缓的目光就像铅笔刻出来的那样。父亲觉得，在那一年里，她一直生活在一幅素描画里。一经落笔，她的样子就永远固定下来了。

依父亲的理解，槐花阿姨不该晚上出门，镇上并不安宁。那些曾经围观她的人，他们的内心也不安静。被人注视的幸福感，未必是真正的幸福。他告诉母亲，世上有那么一种女人，爱情似乎就像一种冬眠在内心里的虫子，为什么不能让它永远冬眠下去呢？

4

爸爸示意我坐在车里，后备厢被打开，随后又关上了。他点了根香烟，向十米外的那个中年人走去。那人穿一条黑绿相间的旧军裤，黑脸庞，个头不高，上身的夹克敞开来，头发凌乱着。他斜着身子，他们交换着各种手势。爸爸大概在细心询问沙婆婆的去向。这儿的牵牛开粉色花儿，它们很少聚集在一起，零零星星的，这儿几朵，那儿一片，远远看起来，整块篱笆都被衬托得十分好看，像妈妈绣的牡丹图。

南行公路上，我又看到纷纷扬扬的落叶了。秋天，阳光减弱，树干无法承受叶子生长所需的养料，凋零是必然的了。这是生物课本上说的。路面很窄，我们必须先停下来让对方通过。两边是浅黄色的、被土埂分隔成方格子状的稻田，远方闪耀着一片片波光粼粼的水网，渐渐临近，一群白色的水鸟盘旋在湖水上方。

沙婆婆已经七十六岁了，跟儿子儿媳妇在一条钢铁驳船上生活，照看她的重孙子。既然沙婆婆有亲人照顾，爸爸为什么还要坚持他的想法呢？大人们很奇怪，不喜欢承认错误，倒很乐意为自己找各种理由。我觉得，似乎爸爸来这里还有其他的原因。槐花阿姨，她也在那条船上么？

说起沙虫，开船的叔叔说，沙虫是机器翻沙子时，从河滩深处的沙层里吸出来的，深水里没有。沙虫生长在沙层里，也会游水，不过不像鱼，一生在水里游。爸爸从船舱里捧出一把黄沙，把它们撒向湖里。湖面开阔，风很大，这里，几乎所有人都为了沙子而来。我看到矗立在远方被水雾阻隔的一丛丛巨大的钢铁钻井，我们好像驶入了钻井森林，叔叔说钻井可以打到水下三十米深，在这个过程中，每一层的沙子都被吸沙机吸到船上，再经筛网的过滤，细沙上岸，运到城里。爸爸说从前湖里到处都是芦苇荡，现在是吸沙船，一眼望不到头。

那些正在干活的人穿着宇航服一般的黑色橡皮衣，站在高高的船舷上，俯视我们的船经过。叔叔说："别小瞧他们！这几年，他们都发了，买宝马，进城买别墅，一人都有好几套呢，孩子都送到省城读书！"他有个侄子，今年跟人家争夺沙塘时，被尖撬棍戳透了脑子，现在仍躺在医院里。好像炫耀似的，他向我们描述那场争斗的豪华场面："几百个人，拿着铁叉铁钩打群架，你见过吗？"爸爸摇摇头，默默地吸着烟。"最后，我侄子那边胜了。"船夫很欣慰似的,"他在医院里,享受的可是离休干部的待遇呀。他老大说了,一出来,就赏给他三十万零花钱!"

"若成了植物人呢?"爸爸问。

"那就怪他命不好。有命赚钱,无命享受。"叔叔说。

地势好的沙塘差不多被淘光了,许多人打起鱼塘的主意。船夫说,比起淘沙子,养鱼算什么。沙婆婆承包了两个鱼塘,船夫说,她是死脑筋一个!说什么也不脱手,换作我,一转手上百万,多好!一年什么都不用做,光吃利息就够了!沙虫?怕什么?想赚钱总得冒一点风险。在家睡觉舒服,我看没一个睡觉的,你看这湖里个个忙活的,哪里有什么虫子!

"不过,听说沙虫钻到肉里,后果很严重的,是吧?"爸爸问。

船夫叹口气:"是啊,上月村里又死了三个。听说钻到了脑子里……"

"大概什么样子,沙虫,你见过吗?"

"见过,我以为是小蚂蟥呢,有些孩子,就这么生病的,以为好玩,可那东西的嘴巴比蚂蟥尖,不但喝血,而且产卵……"

后来,他们就不再说话了。原以为船夫把我们带到湖心的某个小岛上,没想到他兜了一圈后,忽然划入一条狭窄的水道。我已经迷路了。这里水巷纵横,本来就没有方向感的我,宛如进入一座迷宫。我本能地挽住父亲的胳膊,紧紧地,他揽过我的肩膀,我才放下心来。

河水的颜色就像洗过的肥皂水,岸边的老柳树长势怪异,裂纹纵横,或是长年扎在水岸边,柳条密不透风,在大风里竟然纹丝不动。树叶太密了,我根本看不到堤岸后边的情景。往往能遇到大鱼和猎狗的尸体漂浮在水面上,我不敢仔细去看,又忍不住好奇地瞅一眼,那种煞煞的瘆人的白色。还有一些废弃的小渔船、水泥驳船,孤零零陷在枣色的淤泥里,缆绳都朽烂了,船身被高高的荒草掩盖,像个幽灵。迎面的船驶来,人人穿着橡皮衣,表情僵硬,对我们视而未见。我理解的,我们自己似乎也是这样。爸爸竟有些紧张,他问船夫还有多远的行程。

船夫眺望着前方说:"快了。再有两三个弯道吧。我说实话,你找遍村子,怕是没几个人愿意来这里。我听说沙婆婆一到晚上,像鬼一样,披头散发的,点着灯,到湖上,不知在做什么,反正怪吓人的……"

"你跟沙婆婆熟吗?"

船夫瞄了我一眼,"你知道沙婆婆做什么吗?"

"什么?"我被他盯得心里发毛。

他停顿片刻说:"打捞死尸。但那是白天才做的事,至于晚上做什么,我真的……不太知道。不记得哪一年了,湖上天热,孩子睡船上,大人没发觉,一个掉河里,没了影,另一个会狗刨,干扑腾,被路过的沙婆婆救上来,那个淹死的撒了五网才捞上来。那以后,沙婆婆常在河道上巡人,听说是免费的,这老妈子,常常做些让人不懂的事,人家给钱也不要,请客她也不去。真搞不懂的……"

父亲在看着我。或许,他觉得不该把我带到这里来。但奇怪的是,我反而感觉到很放松,有某种异样的东西在吸引着我,引领着我。船夫又拐了个弯,一条黑狗站在岸边冲我们狂吠,它已经挣脱了铁链子,踌躇在水边,看到我们快要走远了,突然发出一种绝望无助的哀号声,令我心里久久不能平静。怎么说呢,我联想到它跟我们隔着一块透明的玻璃板,它几次冲上来,都被反弹回去,受了伤害——好像又不是伤害,而是孤单,只好匍匐在地上,喘着粗气。

一艘庞然大物般的钢铁船兀然耸立在前方。主舱部位堆满了足足半人高的水泥袋,字迹和油漆已经被风雨剥光,船头长满了蒿草,还有一些饲料袋,和做饭用的碗锅,放置在上边无人问津。一顶快要风化的蚊帐悬在船尾,在半空中摇摇晃晃,像一只黑色的手。

船夫放缓速度,接着猛加油门,迅速离开了。

"这里到底怎么了?"船夫自言自语道。

"不知道。"爸爸说。

5

黑狗目视我们上岸。沙婆婆从简陋的瓦房里走出来,它摇了摇尾巴,停止了张望。黑狗可能意识到铁丝网的隔离作用,偶尔朝我们投来谨慎的目光,但更多的时候,它似乎有心事,前爪搭在网扣上,望着远方微波荡漾的湖水,皱起眉头。爸爸和沙婆婆说了几句话,我听到婆婆爽朗的笑声:

"买什么东西哟,我什么没吃过,浪费,浪费了。"

爸爸忙着从船上往下搬东西:"婆婆,这几样东西,不是给你的,是给孩子的。"

"孩子不缺,什么也不缺的!"

他们坚持着。船夫忽然抱起一箱牛奶,一头钻进婆婆的屋子。沙婆婆用苦味草给我们沏了茶。听他们说,这里以前住过一位姓钱的地主。如今,大部分地方都毁坏了,只剩下六间瓦房和四面环水的菜园子。沿着水域使用铁丝网,防止小孩子落水,园子里种芹菜和花生,沙虫活动范围很小,而且惧怕芹菜的气味。还有艾草和菊花,几乎取代了野草的生长。爸爸只许我待在院子里,哪儿都不能去。生火做饭用的是干柴和玉米秆,吃的是井水。沙婆婆很胖,穿着肥大的粗布衣服,指关节粗大,有点跛脚,一双浅帮胶鞋上沾满了泥渍。在她的床底还有两双——只是时间久了,已经掉色。正墙上挂着一副黑皮胶衣,就像潜水衣一样,但我仍然怀疑沙婆婆救人的能力。不过爸爸说,沙婆婆水性很好,可以在水底换气呢。船夫悄悄问我,你见过海豹吗?沙婆婆就是一头海豹。

午饭很简单,都是沙婆婆菜园子里种植的蔬菜,婆婆用咸肉把它们炖透,还有咸鱼和油煎的干辣椒。父亲和船夫吃得满头是汗。在这种潮气很重的地方,吃辣椒是必需的。沙婆婆脸上的皱纹就像炭笔画出来的那样,她对我很客气,不停地往我碗里夹肉。我是很少吃肉的,不过咸肉的味道很香。我足足喝了两大碗白开水。婆婆对爸爸说,你不用相信报纸和电视上说的那些话!我大盐大肉吃了一辈子,哪里有什么事,活得像个小伙子!我的儿子大贯在船上淘沙子,吃的都是白水肉蘸盐末子,不吃盐,哪有力气?!听她说,去年夏天,那个钱地主的后代来找她,他们又在哪个地方发了财,

为什么没有项羽呢

在家乡买下一块祖坟地,想请沙婆婆帮忙看管,每月都有工资的。婆婆说,从前用钱买地,给活人用,现在用钱买地,给死人用。看来,他们的钱太多了,活人用不完,只好留给死人了,他们就没想过给家乡做做善事。给死人建风水宝地,还不如建个卫生院给活人治病呢!

父亲问:"沙虫病,好治么?"

"这里没有多少沙虫的!听他们宣传的!村主任叫我们宣传,是为了把别的沙塘抢到自己手里!这些虫子生来在沙子里,如今沙子被淘空啦,它们只好朝泥里钻,死了好多呢。"沙婆婆说。

船夫接过话问:"婆婆,你不怕沙虫咬你吗?"

沙婆婆咳嗽几声,说我是穷人,有什么好怕的。有人比我害怕得多呢。他们置办了好多法子,单单就不把翻沙机停下来!

船夫一笑:"大贯不是也淘沙吗?你咋不说他哩。"

沙婆婆苦着脸说:"磨破嘴皮啦,他都不听,打也不听!我管不了!"

父亲又问:"那,槐花阿姨呢?她也在船上吗?"

沙婆婆夹起油辣椒,卷在煎饼里:"她老了,上不去船的。"

"不算老呀,只比我大十岁!"爸爸记性真好。

"前些年,精神不中用了,我寻思,找户人家,不要多好,人健康,能说话就行,后来说了西坡村的老朱家,唉,是个哑巴,打春四十五,属牛的,槐花不同意,我催得急,她就吃灰土,吞棉花,吓死了!所以我们骗她,你是知道的,她犯迷糊,跟过粮管所一个后生,唉……我只好哄她,说朱家是他的表哥,跟他过些日子就能见到那个后生了……反正是个哑巴，问他也不能说的。就这么着，槐花不说什么了，圆了房，第二年生下个胖小子，就是黑，跟锻铁样儿的，今年四岁半，不会说几个字……那个后生，兴许忘了吧，我也一时半会没到西坡村走动了。今年中秋老朱家送来几块咸肉，我问起槐花，朱家只是说，她还认得她的男人，别的就不说了。"

大家沉默了一会。父亲用力咬了口辣椒说："我记得槐花姨当年留着一条长辫子，多漂亮呀。"

"煽风点火的，有什么好？我给剪掉扔了，谁知道她又留……还是让我剪了。女人，爱抛头露面的，就不算好！"

船夫开玩笑道："婆婆，你现在算不算抛头露面呢？"

沙婆婆骂了他一声。大家都笑起来。爸爸很奇怪，婆婆靠什么生活呢。船夫说，人家都知道婆婆心肠好，好话一哄，什么仇呀恨的都忘记了。婆婆说才不是呢，我的脾气，村书记他们是知道的！我一个孤老人家，这辈子不想发财，村主任见我做事不收钱，就把鱼塘的租金免了。船夫说不是吧，我听说是大贯送了礼，村主任才同意的。婆婆生气道，胡扯！有本事他们去送呀，租金是照收的！

爸爸示意船夫不要瞎说。沙婆婆又问了爸爸的生活。她告诉我，爸爸小的时候，可是顽劣得很，春天掏麻雀蛋，把刚孵出的小麻雀朝墙上摔，比赛谁摔得快。残忍。爸爸赶紧绕开话题，问婆婆愿不愿意跟他回城里住。沙婆婆说，在湖里她有船，到城里她得靠两条腿，腿又不中用，连牙都发酸了，老眼昏花，活不了几天啦。爸爸说，听说城里也有人被沙虫叮咬，婆婆可以帮助他们。沙婆婆认为，城里的大医院肯定有办法的，有仪器，有 X 光，有各种药，

为什么没有项羽呢

治病不是难事,她的土法子没人会相信的,也不一定管用。而且,沙婆婆现在要照顾她五岁的重孙子。

常年漂泊在湖里,大人常因忙碌和疲劳忽略孩子的存在——爸爸说——他们滑掉到水里就跟下饺子一样。我怕水,对水有一种莫名的恐惧感。我觉得,主要原因是我不清楚它究竟有多深。船夫说,不会水的人落水,因为体内有许多空气,都会露下头,扑棱三五下,假如得不到救助,再沉下去,就永远不会浮上来了。沙婆婆经验丰富,她告诉我们,除了急流的河道,打捞死者大都在落水点附近,女的身体朝上,而男的则趴着,双手插在淤泥里。我听得毛骨悚然。在风儿拂起树叶的湖面上,我什么话也不想说,只想赶紧跟随父亲回家。我紧紧靠在爸爸身边,他则把我轻轻揽着,抚着我的头发。他的身上,那种我熟悉的柠檬味已经被风吹走了。

午后,沙婆婆带领我们登上大贯的船。她驾驶自己的铁壳船,船体的木板浸过桐油,闪着暗而发亮的黄铜色。船头立着一只玻璃缸,里面是许多纤丝状的黑色沙虫。我和爸爸坐在船尾。船夫的机动船尾随着我们。风很冷,沙婆婆裹在一件饱受风吹日晒的玄布袍子里,仿佛一尊河道守护神。在这个地方,我觉得一切都是陌生的。我无法理解每次经过一条废弃的渔船时,沙婆婆为什么要念诵着"阿呼呜呼爱乎呜呼",扬几撮紫黑色的灰土,仿佛这些灰土能让一种我们看不见的东西远离我们。而在岔道的矮坡上,立着一块块"沙虫出没"的木牌,上面缠着长条状的黑头巾,阴森煞人。稻草人。怒放在浅水岸边的雏菊,高地上盛开着野菊花,白得刺眼,黄白连接成一片接一片的地毯,那么凄美,那么肃穆。

到了宽展的河道上，船夫给我们讲述他以前跑船的经历。"跑船"指的是水上运输。长江里，船如何分道、会灯、划江。过路费多如牛毛，基本上和公路差不多——我才明白原来水上的世界是那么丰富、现实、残酷，有许许多多我不懂的、似懂非懂的知识。假如遇到沉船，多年的辛苦也就白费了。很多人家一夜间一贫如洗，但他们依然在这条河道上追逐、奔跑，一刻也不休息。

船夫说，有些人没有选择，生在这里，长在这里，也死在这里。听他的意思，好像人很难选择自己的生活，选来选去，又回到了河水上。像淘沙这个职业，虽然利润很高，许多人发了财，但风险也很大，假如遇到"死塘"，几乎血本无归。"靠什么吃饭，它就会给我们带来什么样的痛苦。"船夫哀叹道，"什么是幸福呢？我不知道，我只知道每天就这样，可能这就叫幸福吧。"他十分佩服沙婆婆，他说沙婆婆是一个勇敢的老人。村子里上了年岁的人，只知道每天晒太阳，走家串户，等死，没什么出息，沙婆婆呢，从来不做无聊的事情。因为人们害怕沙虫，她就在需要保护的河道边竖起"沙虫出没"的牌子，人们胆怯，于是放弃了挖塘的念头。父亲说沙婆婆就像一位导演，而我们，好像是第一次来这里的观光客。

沙婆婆脱掉袍子，和她的重孙子在一起时，她就像个保姆，不停地哄，可孩子一直在哭。我没有观光的心情。我感觉父亲为我打开一扇窗子，让我领略到从未见过的一个世界，让我永远不能忘记所看到的一切。而对于他们来说，好像在聆听一种声音，一种我听不懂的语言。这种语言似乎根本就不存在，又好像弥漫在无边无际的空气中，由河水、沉船、石头和泥土传递着，而城市里却是另外

为什么没有项羽呢

一种声音——由汽车、沥青路、高楼大厦、广告音乐、机器、工厂和酒店混合而成，是人工制造的。父亲说，城里人靠欲望生活，而农村依靠本能生活。他让我回去写一篇日记。看到大贯爷爷的吸沙船，爸爸问，你看它弯腰的样子像不像一条饮水的机器龙？它大口喝水，不，应该说吸食沙子。它的嘴，我想吞食力比蓝鲸还要强，用鳃过滤后，将沙子倾倒在舱内。我们走到船尾，一台柴油机用来发电，有厨房、铁床和各种生活用具，就像把整个房间搬到湖上。

父亲上初一时，大贯结了婚。我喊他爷爷。他不怎么认识我父亲，把铁锹掷进沙堆里，分腿坐下来，悠悠地叹息着，回忆起以前的时光。婆婆介绍说，小的时候，我的奶奶和大贯如何交往，等等。我听不太明白，也不关心。他穿着一件柔软的棉衬衫，衣扣不全，戴着一顶新草帽，黑裤子上布满了大小不一的漏洞，跟筛网似的。他不是一个注意着装的人，我感觉到这些外在的东西对于他来说已经无所谓了。其实他就是这么生活的——爸爸说——什么都不放在心上，脸上流露出那种我行我素、旁若无人的神情，但是，他的目光很认真，默默地从沙砾状的皱纹堆里射向白茫茫的湖面上。

槐花是他的姐姐，那时候他们都在粮管所工作。大贯说他三十岁以前没有一分钱积蓄，所以，他没有能力帮助姐姐。等有了钱，他发现姐姐竟然跟他年轻时一样，不在乎钱了。"她这辈子算完了。"大贯说，"再过几年，我看呀，她连我妈都不认识。那么在乎有什么用？人活着就不能在乎，我过我的，人过人的，瞎操什么心！"大贯说槐花是个太在乎别人的人，牺牲太大，划不来。他替姐姐感到惋惜，也责怪自己，在姐姐最需要他的时候，他却不务正业，忙着学习拳脚、打架斗殴，他从不在乎那份工作。大贯说他最厌恶的一件事情就是工作，他经常说，地球少他一个，照样转，粮管所少他一个，照样正常，谁也不缺谁。船夫认定大贯是一条汉子，大方豪爽，活得洒脱，爸爸的脸上也流露出某种羡慕的表情。不过，爸爸说："假如每个人都不工作，那做什么呢？社会不是乱套了吗？"

"打猎呀，旅游，喝酒，什么都行啊。乱什么套？你是书读得多了。"

爸爸不想辩解，凡是遇到跟他意见不一的人，他一般喜欢微笑。

船夫道："大爹，你说的是男人，女人呢？孩子呢？婆婆呢？"

大贯瞅了他一眼，"我老婆玩过双筒猎枪，你老婆会玩吗？"

船夫突然有点不好意思，赞叹说："还是你厉害，厉害。"

我看到舱门上挂着一把弓箭，好像是体育比赛时用的那种弩，大贯气愤地说："水上和地上不一样，累了，苦得慌！我练弓，用削尖的树枝，前头钉上浸油的梧桐球，晚上喝过酒，搭弓朝湖心里射。松球落到水上，还能再烧一会，比孔明灯好玩。"有时候，船上逮到老鼠，大贯也这么玩：把它们在汽油里浸一会，放置到一块竹板上，等到了水里，再点火。

爸爸反对道："现在的人，怎么都这么残忍？"

大贯扭头对我说："你爸呢，脑细胞在减少，不过是几只老鼠，你知道这里的有钱人——"他指了指停在周围的其他船，"有和局的，揽五七个人开赌，输得倾家荡产，不是杀人是什么？欠钱不还的，你猜他们用什么法子逼钱？"

为什么没有项羽呢

我可怜地摇摇头。

"用牙签，戳手指甲，戳完了手，戳脚。"

"戳完脚呢？"我很好奇，但被爸爸唬住。"孩子还小。"爸爸又解释说。

"不小啦，"大贯爷爷叹了口气，"逝者如斯夫。丫头，其实爷爷读的书，不比你爸少。这镇子里，谁通读过'四书五经'？谁读过《资治通鉴》？……没几个吧。以前，我只是一名小吏，现在像个逃犯，龟缩在这条倒霉的铁船上，就算有天大的抱负，也不过是攒了点臭钱而已。他们呢？无非多有几个臭钱而已！"

婆婆说，大贯中午又喝酒了。后来，我清楚了，大贯爷爷所说的小吏，指他有一段时间做过粮管所的所长，之所以有这个职位，是因为他年轻时和局长关系好，用爸爸的话说，是兄弟。大贯爷爷曾替局长背上挨上三斧头。为此，他做了三年的所长，一斧子一年。大贯爷爷说，够了。够了。

6

我在船舱内看到许多等待安置的木牌子，是大贯爷爷亲手做的。台板上堆满了乱七八糟的东西，桌腿也钉在船板上，和桌面一样，都很干净。正面板墙上镶着大贯爷爷打猎时的一幅黑白相片，他穿着猎装，头戴鸭舌帽，肩扛一杆乌黑的猎枪，微笑着面对我们，眼光深邃。他的穿着、神情和气质和现在完全不一样。沙婆婆指着照片，骄傲地说："这才是我的儿子。"大贯没有正面回答母亲，只是说，人在顺利的时候，差不多都这样子。船夫了解的信息更多，大贯一年赚好多钱呢。但在我看来，他并没有多少快乐。他变得更朴实、更乡土了。可能，许多烦恼不是我能理解的。

船内有两只半人高的白色塑料桶，用来盛饮用水。早些年，湖水可以直接饮用，但现在机器太多，排放的废油污染了水面。这些水都是从村里的压水井里打上来的，究竟卫不卫生，爷爷说他自己也不清楚，只能这么吃，没有其他选择。船夫说，他们这里还算好的，没有铅厂、蓄电池厂和电解厂。爸爸叹息说，即使我们想回到原来的生活，也是不可能的了，也没有人愿意。不过，大贯告诉我们，夜深人静时，一个人躺在船上看星星，他觉得最快乐。他喜欢那种万籁俱寂的感觉，如果下着小雨，他就独自驾着小船，任由船儿漂着，为了陪伴心情，他一人喝酒，常常喝醉了。最无聊的时候，他就抛下手里的活儿，跟朋友一起跑船。他的朋友多数已经五六十岁了，他们把货物从这里运送到外地，有时候不是为了挣多少钱，而为了消磨剩下的时光。大贯爷爷说，他也曾经想过，到了这个岁数，做几件大事，但是沙婆婆不许他走，为这事他们经常争吵。不过我能看出来，吵架也算是他们维系感情的一种方法吧。

天黑前沙婆婆还要赶回去，大贯爷爷为她准备了强光手电筒、一盏红灯笼、挡寒的衣服和药盒子。船头放着一只盛着沙虫的玻璃瓶，大贯爷爷送给父亲作研究用。父亲这才告诉我，他也是帮一个医生朋友的忙，需要捎几条沙虫。它们像小小的蝌蚪，甩动着纤细的长尾巴，并不知道瓶子外边发生的事情。

船夫开着他的机动船离开了。暮色从湖面上悄悄地升起，一块

为什么没有项羽呢

块果脯状的云团在天空中缓慢移动，阳光穿过它们，变幻的颜色染红了整个湖面。微风吹来，机器声、马达声、喧闹声混杂在一起，光点也变得晶莹起来，好像随时有无数条丝线把它们穿起来拿走。在那些宽阔的河道上，我又看到了一些废旧或闲置的渔船，有的残骸斜插在泥里，就像一把锈蚀很久的铁剑，或者簪子，浑身是青苔和紫褐色的水草，随后就被无法抗拒的黑暗蒙住了。

我们越走越远，最后只能看到一个虚幻的红点。那些声音也离我们远去了，四周是一望无际的黑水，浓得像块布一样，我的感觉，好像我们在经过某个没有灯光的长廊。每隔一段行程就会显现几间闪烁着灯光的草屋，狗的叫声也像是被人投掷到河里似的。

天已经黑了，到处是青草和河水的气息。河水很安静，一动也不动，像个熟睡中的孩子。我坐在船尾，望着闪闪烁烁的星空，感觉像要融化在那里。

爸爸接过沙婆婆扔来的尼龙缆绳，结实地系好后，问她："这里就没有其他人吗，专门打捞落水孩子的？"

"我不去管他们。我这把岁数，没什么事情做呀，不能让他们跟野狗野猫那样的，在河里烂掉，再喂沙虫吧。"

我站在船头，张开胳膊。爸爸伸开手，我一下子跳到爸爸的怀里。

在机器的鸣叫中，那只红灯笼渐渐消失在黑暗浓稠的夜色中了。

秋风吹荡

秋风吹荡，成熟的栗子落在落叶的堆里，打几个滚，静止了，期待孩子们去拾捡。地上的叶子潮湿、散发出植物特有的腐味，在风的环境里淡然、平静，安然入睡的神情。它们知道了季节赋予的命运，表现得相当刻板，看上去并不羡慕树梢上暂时的喜悦，对于一天天筛去的阳光，甚至有些茫然，对于后面落下来的栗子，则是有点伙伴的喜悦。

三棵栗子树紧挨着进入西院的小扇门，一条踏白的泥路在斑驳的阳光里沉默着，回忆起自己被蒿草侵占的早年时光。这些草因为无甚用处，怨恨着，报复性地疯长，已经蹿至酱缸的周围，因此每到泛滥的雨季，老人总要锄掉它们，羊也不吃，又不忍烧掉它们，只得堆放在偏角处，任其自生自灭。

院内一共十八口紫黑酱缸，每排九口，每口间隔两米，上覆尖

为什么没有项羽呢

斗篷,老人和他失明的老伴住在小门边上的瓦房里,共三间,中间的休息待客,一间伙房,另一间放置杂物。晴天风好,老伴便坐在磨褪色的藤椅里,像永远等待着某个重要人物来访,笑眯眯地享受着缓慢移动的阳光。二十六年了,她天天这么盼望着,期待每年的一阵风将一个奇迹捎来,将他们的女儿捎来。可是,风儿捎来的只有尘土和黄叶,这么些年,酱缸的模样一点也没有变。当年那个欺负过女儿的队长差不多快五十了,闲散在镇中心一家窄仄的烟酒店里,如果她看得见,她相信他已经变得面目全非,再不会吸引任何女人的注意。她恨他,怨他老着不死,占地方。

又想,一个老人埋怨另一个老人,有意思么?

为什么做了恶事的人,却要坚持活下来呢。为什么善良地爱上一个人,却选择早早地溺湖而死呢。她这把年纪了,总也想不通。她的眼睛是在女儿死后慢慢地毁掉的,虹膜炎。现在,几颗栗子掉下来,风在屋角拐了几趟弯,水晶厂的打磨机哪一台出了故障,因为她活着,听得清清楚楚。她觉得活着,就为了听到这世界的各种声音。某一天听不到了,这世界也与她一样,是死去的。因此她才坚持活下来,听老头子整理栗子和木料的声音,听他咳了十七口痰,卷了三支白纸烟,听他搅动着酱缸,听馒头和麦料发酵时那种微妙的咕咕声。

到了季节,牛老板会开车来收取发酵好的甜油、酱油和甜面酱。接着添料勾兑、封装、销售。步出东院的铁栏门,马路对面就铺着那块青澄澄的大湖,管理站旁边有三家饭馆,许多城里人慕名来吃野生鱼,因为美食,他们觉得这乡间的美好。每一回和牛老板吃饭,她都让老头牵着手,小步地迈,一边倾听庞大的风群闹哄哄地俯冲着湖面,一只落单的白鹭嘶哑着掠过湖水,各种植物坚韧地阻挡着风的力量,而管理站竖立的旗杆上,红旗在呼啦啦地扯动着。她没听过的声音,像平板电脑里的游戏,怪异的手机铃声,老头会告诉她,并向她描述东西的模样。平板电脑,老头子说,方方正正的,像一本书,里面有游戏。她问什么是游戏,老头子答,就像咱们以前看的电影,电影里是真的人,游戏里是假的,描进去的。

牛老板见状,便推荐老人买一台。听听歌,打发时间。要不,那么多钱,做什么用呢。老人说,我不懂摆弄。牛老板说,很简单,一按一划,比酵面酱简单多了。老伴坐在椅子里,始终面露微笑,用心细听老头子说话。她喜欢的就是老头子说,她听。她说老头子就是她的一双眼睛。老头子却说,她是他的耳朵。他近些年听力减退,有什么动静,老伴最先通知他。牛老板叹息说,就是没个后人,可惜了,将来,面酱厂交给谁呢。

老人说,就十几口缸,咋能称厂子?

牛老板没有明说。实际上,新城的各个乡镇里头,手工的面酱作坊已经没几家了,大部分都是购买香料和配方勾兑的。原始,今天却最为真实。当年,那个队长深为困扰自责,便替老人出钱,盘下了所有酱缸,厂地无偿使用。直到近些年,老人才上交一点租金。他们觉得,这一切是女儿用命换来的,是女儿的代替,他们在此终老一生,只为了能陪伴她。

为什么没有项羽呢

  他和老伴,总得先走一个,再走一个之前,他想把这十八口酱缸还回去,还给那个队长,再由他交到别人的手里。他早已经不是队长了,可在他们心里,他永远是。不过,他们内心里的队长和现在这个队长并不是同一个人——尽管这有悖逻辑,但仍这么认为。他们总希望回忆那个年代。

  这些年,他们极不愿意打扰队长,同样,队长也极少来,听说,他过了好久才娶了一个黑瘦的女人。日子就是这样,平时感觉不到什么变化,一旦感觉到,变化岂止一点呐,就像这大湖上的芦苇,密密麻麻的,铺满了湖滨,总有一根是最后枯黄的,这最后的一个,不仅仅因为季节,而是坚持。到了来年,枯死的地方便会生出新芽,一切又重新开始。

  牛老板早有购买面酱厂的想法,提起往事,他问,你们现在不怨恨他了?

  老人说,有时候说不上,有时候,我也可怜他。他过得不太好,病恹恹的,靠卖点烟酒过日子,我们呢,说起来总比他强。这话外的意思,人生呢,猜不透。

  老伴说,恨,怎么不恨呢,我恨死他啦,可恨他,不也是恨自己么。再说回来,如果不是他,老头子跟我,怎么过?那些年,治我这双眼,可花了不少钱呐!也没治得好!

  牛老板感慨说,这么说我就理解了,那年头,若换了个人,一摆身子,死不认账,这种人社会上有!可见,何队长还是不错的人……唉,女人,一时想不开,也是命。

  老人马上不满地说,怎么是命呢?如果换成李队长赵队长,事就不是这样嘛!

牛老板不服地说,老爷子,你想,可她就选了何队长呐!

这时老伴出面打圆场:老头子,脾气!脾气!牛老板,你喝酒,喝酒!

喝了酒,老人更刹不住,牛老板顾及他年纪大,只忍让,不进攻。老伴一个劲地劝,你少喝点,喝醉了,我怎么办?老人嬉笑说,你也喝,下午一块睡。"睡?睡?你就知道睡!"老伴嗔怪道。"喝酒么,晕乎乎的,不就为了快活睡一觉?我都七十啦,没几天蹦头啦,喝一顿少一顿的!""谁不是喝一顿少一顿?牛老板也不行的。"牛老板说,"老爷子身板子硬,只管心情好,贪几杯没事的!"

老人说当年,这大湖里有口泉眼子,可深呢,我那时候听上了年纪的人说啊,直直通到东海里呐!那条四十斤重的大扁鱼,就是我!一猛子扎到拖网里,摁在它身上,那家伙,驮着我跑!是我掐住腮口硬拖上来的!

老伴的脸色阴沉下来,打断说,你早年作孽自己没个数,你要不这么着,咱家小芸也不会丢!就你!到死了还逞能!

老人立时不言语了。路上,老伴不把手交给他,说自己听声认路,能走。老人也不含糊,一边走一边大声嚷:直走,别拐弯,朝左啊,到门口啊,往左!

因为生了这点气,老头子一觉醒来,发现老伴仍痴痴地坐在藤椅上,脸上挂着泪。哭得久了,天又冷,受了凉气,鼻涕直流。老头子生气地道:

为什么没有项羽呢

"闺女就遗传了你！你看，可好喽。"

"我死，死了你就好过了……"

"说什么话呐。唉。好了，我今后不说了，再不说了……"

"一点意见都不兴提！"

老人不再说了，去熬姜汤，喂了些药，扶老伴卧床休息。第二日症状加重，只好开电动三轮车到镇中心医院，打了三天吊针，却不顶用。老人愈加担心，便坐车进城，拍了片子，化验检查，在温暖的病房里住了一星期，终于好了点。

折腾了一番，老伴的身子愈发虚弱。他便买来一只酱缸，准备新制作一缸甜面酱，为老伴求平安。他有个习惯，每遇到生命里重大的不可预知的变数，为平平安安地度过，总需要一口新缸，亲手发酵，以代替老的陈旧的酱缸。西院里原本只有十口缸，其余八口都是后来增添的。冬日越来越深，如今的冰凌虽不及从前的长，雪也不及从前的厚，可阴到骨髓里的冷却是一致的，而年岁和热力又远远不及当年，一消一长之间，为踏踏实实躲过这个严冬，必须有所准备了。

寒流接二连三地袭来，这也不能责怨它们，毕竟到了季节，每只家畜、每片叶子，也都坦然地接受下来。他宰杀了一只山鸡，炖栗子，这一道老伴非常喜爱的菜，她只动了两筷便停住，说胃里酸得慌。老吐酸水，从早到晚。他又领她去镇上的何中医家里抓药，把脉、察看舌苔。一路上阳光很好，他感到遗憾的是，这普普通通的东西老伴恐怕极少再享用到了。何中医建议到省城的大医院做个检查。又要检查，难道没有先进的仪器，医生就不会看病了么。路上，太阳明晃晃的，他问老伴愿不愿意去。老伴为她多年治疗虹膜炎的过程苦恼着，说不去，这么远，我又晕车，死就死吧，不治了。

他发出笑声说，老何就在胡扯，他爹的老胃病，没见他治得除根吧。

老伴接过话问，那拿的药，熬不熬呀？

喝试试。

试什么试呀，苦死啦。

中药么，哪有甜的？有糖，喝过了，你抿块糖。

我不吃糖，不吃。小孩子才吃糖呢。

你以为你大呀，你在我眼里，都是个小孩子。

臭嘴！你小我五个月，都忘了？

不忘！老人掌控着电动车把，踽踽在僻静的沙土路上。一有车来，便命老伴扯上大衣蒙头，大衣是反穿着的，以遮挡灰土和寒风。经过村东头，偏偏遇到一户人家办白事，吹吹打打的，沿路化着纸灰，纷纷扬扬。老人加快速度，绕过人，再加速走。

老伴问：谁又死了？一到冬天，准死几个人。要不，老天就不答应。

他不去回答，只管开着车。老伴也因此沉默下来。道路两边，一排排壮硕高大的苦楝树遮蔽着空荡荡的天空，一些灰鸟飞过去，钻出来，从不关心行人的事情。分配在天地间的这一切，个个都似理所当然的那样，一棵草，一只家鸡，一头黑纹猪，一头沉默的黄

为什么没有项羽呢

牛，它们从不关心除自己之外的别的什么。不过，那些酱缸是幸福的，老人没有使用工厂里研究出来的速酵产品，他只管将原始的酵材置入缸内，封上膜，加上盖子。温度、时间和空气，这三样充分合作，自然而然就熟了。

自然，老人想，它不像电动车，有电池和开关，一拧就走，谁也不知道它在哪里，它要做什么也不会通知你，可它又好像无处不在，无处不有它的魔力。

晚间，他看了一会电视。老伴似乎也能欣赏，与他并排坐，面对着缭乱的电视屏幕。他一边看，一边向老伴解释剧情。演员一出场，她便通过声调知道了角色，慢慢地陷进温柔的爱恨里。他忽然领悟到人这辈子应该做什么了，大概像一场剧一样，有舞台，轮到谁，谁就往台子上演一会。总归会轮到自己的。有些人总不满足，慌慌张张的，一个台子不够，再要一个。像他吧，面酱厂就是他的台子。他这辈子只守这一个台子，和老伴，和他死去的女儿。没有人比他更熟悉发酵的工序，他觉得这世间的一切生命都在一口酱缸里，大约也有一位看不见的老头，在做着与他相似的工作。一粒细菌的种子和另一粒种子相爱，无数的细菌结合在一起，一口酱缸才有生命。一代一代的繁殖，才显出那么一点点成果。

大概等到来年的四月，第十九口酱缸才能熟得透彻。他估算着。

一天天地冷下来。老人将锈迹斑斑的烟囱取下来，从镇子上购来四节新的，换上，生起了炭炉子。炉管的接缝不妥，他用剪藤条的大剪刀咬合缝时，割伤了手指。鲜血洇湿了白手套，可他忘记了创可贴放在哪里，只好取一些炭灰摁住，可不顶用，整整有指甲盖大小的一块皮肉被划离了。他感到五根手指都在哆嗦，真是老了，眼花，手也不稳当，心里呢，却比小伙子还要着急，想尽早生上火，取暖、烧水、熬中药。瓦房夏天虽然凉快，冬天却较为阴冷，深夜的穿墙风挣命地嘶吼着，白天里澄亮亮的大湖想必变成了一块黑色的内海。风结群作乱，狂烈而无序，连天空都压不住。可想而知，那三间可怜的小瓦房。

老伴安慰道，放心睡吧，屋子不会塌的。

老人担心酱缸上的斗篷盖子。盖子本身的重量足够，四角又各拴一块砖头，只是邻墙的孩子们顽劣，常常瞅他不在，翻墙过来捣蛋，而他不便每天检查——老伴的身子不理想，他的心思分散了许多，再说一入冬，酱缸无须像热天一般按时翻搅，他已经好多天没到西院里去了。那些孩子作恶多端，跟猴子一样，嘲弄他颤颤巍巍的双腿，声东击西，一个引开他，另一个却往酱缸里丢死耗子、死猫、石子，即便捉到，他也不能打，毕竟是小孩子。唉，如果他有个外孙子，外孙女也行啊，谅那些孩子不敢胡来。兴许他们倚仗的正是这一点呐。

就是放心不下。忍耐了半天，仍然穿起棉大衣，握上手电筒去查看。

果真，一只酱缸被掀去了盖子，另一只掀掉一半。有三只在大风里松动了。原先，他在外围酱缸四周钉了六根木桩，扯上绳子可以对盖子进行加固。他发现，木桩被人拔去三支。他想，该怎么对

为什么没有项羽呢

付那些六七岁的孩子呢。

老人好不容易才把被风吹掉的盖子拖回来,拖到风的上口,让尖头对着风向,然后艰难地抓住两侧竹签的缝隙,让开身子,借助风的力量,将盖子推到缸口,扣实,反复试验三次才牢靠。接着揽绳子,拴在预先准备好的石板上。回到屋里,他喝了碗姜汤才睡下。

因为紧挨着大湖,整个冬天,他最担心的就是狂风肆虐的天气。下雨落雪的,他反而安静,哪里也不必去,坐在小屋子里,烤火烧水,等到饭时,炖一锅菜,烫一壶酒。菜呢,买二斤猪肉,不是喂饲料的那种猪,是农家自己养的,肥瘦各半,要切成块,炖萝卜,炖海带和白菜,再炒个鸡蛋。老伴虽失明了,年轻时腌菜的手艺一直没丢——添上两碟腌菜,一桌菜就齐备了。一边呷着酒,一边看门外密密飘着的雪,冬天,大湖边的雪一落到后半夜都是很静的,也不见得有风,可能风都被雪花挡到外头了,静静地落着的雪就像门外挂着的一条白帘子,他透过这帘子,看到了白茫茫宁静的湖面上,一点人的痕迹都没有,一切都像从未开始那样,等着你去。一切画在那里了,只等你喝好了酒,去那里踩一踩、望一望。他喜欢受人的邀请,哪怕这个人并不存在。

有时,管理站的赵老头也过来。像这般岁数,管理站只余不多的三五个人了。只是,老赵近年来不怎么喝酒。当年他是很凶狂的,视酒如水,管理站的土木工程多,随后逐年衰败,他做木工活儿勉强拖扯着三个孩子。老妻死得早,他娶的女人又捎来两个孩子,一家七口,把他剥蚀得衰老不堪,酒只好戒了。老人时时接济他五百一千的，盖房子时一次给了一万。老赵还了一点，后来就不怎么来找他。去年春节送来十斤自制的腌肉，说家里的五个孩子分成两拨，一拨亲生的，一拨人家的。因为分一点腊肉争吵起来，全不知他的辛劳。人说多子多福，他说有时也不对。一遇穷了，人还不及猪狗呢。默默而悲怆地咽酒，眼睛浊汪汪的，望着门外没完没了落着的雨滴，又说，他老妻肝脏不好，他已经老成这样，体力、火头都赶不上以往，现在时兴的这些行当，他是一点也不懂，现在的家具，哪还有手工做的？都是机器裁剪的，又快又省。孩子们看不中他做的，嫌丑。四平八稳的挺好啊，哪里丑啊。

"庄户人家盖房子，哪里还用木梁啊，全是水泥整浇，木头都是进口的，木头少了，拿木头吃饭的木匠自然过得苦。城里头倒有许多活儿干，咱庄的小伙子，刚学了点毛糙，就进城苦钱去了。我就跟三个儿子说，愿意学我的，进城有饭吃，不愿意的，自己吃吧，我不管了。"

"你说，我能真不管吗？唉，要真管不了，也就算了。"

老人就想，是不是让他挑个儿子，接他的手艺呢。念头一闪，觉得冒失，不料老赵主动提了出来。老赵说，做了一辈子，有个接班的，心里踏实，是不？

老人叹息着，是啊，做面酱是乏困了点，得找个耐性子的人接手，才好。

说着就归拢到财产的继承上来。老人说不行啊，手艺归手艺，这酱厂，我还得还给队长。当年，是人家买的，我一分没给，等于是借，该借该还嘛。

为什么没有项羽呢

老赵不再吭声。喝老了，嗓子里呼噜噜地响，像拽风箱。

再后来就没了回音。老人就觉得，寂寞倒不是单独人的事，他能接受，别人怕是很难的。他们更喜欢使用各种机器，发明各种新鲜的念头，走他从未听过的路。他只能等待着，让自然来决定。自然是什么呢？他觉得，自然就是一条已经设计好的路，你在哪一站上车，在哪一站下车，都预先设计的，各人的路都有一小点不一样，也没有人跑到设计之外去。

这辈子，老人见得最多的就是管理站门前这条沙土路，像个鱼钩，他在钩尖，镇子在钩尾。他也考虑到，过些天，等暖和了，自己心情好一些，便到镇上找队长说说。这个念头产生后，他立即感到害怕。这么些年，主动的念头这是头一回。他像掸掉一根毛拉子那样去掸它，这个不祥的念头，心脏怦怦直跳。取道回家，立刻忏悔。不该。真不该。

晚饭后，老人收过碗筷，喊老伴看电视。她最热衷的消遣。往常都是她催，他恋恋不舍地呷着酒盅，半天才去拿遥控器，今天呢，已经过八点了，她仍坐在藤椅里，脖筋转动着，鼻子四处地闻。说老头子，你今晚烧的什么菜？

"腌菜炖猪肉啊。白菜没腌到劲，太松，没嚼头吧？"

老伴摇摇头。继续闻。

"盐小了？……我热的时候再丢点盐。"

老伴仍摇头。蹙着眉说："我怎么没闻出来呢？"

老人手一哆嗦，慢慢捡起地上的竹筷子说："你呀，又感冒了……"

"啊呀，怎么弄的，又感冒啦……不对，我昨天还闻到酱缸在发酵呢。"

老人斜脸瞄了瞄半耷下来的雨棚说："这天，得打了春……总得三月份，这才一月，早呢。不急。"

"我真闻到啦。你不信呀……"

"好，好，我信。我信。来，咱看电视……"

往年，交货之前老人总要领着老伴到酱园里走一走，闻一闻。闻到正好，他便拿手里的粉笔在缸的正面画上一个红五角星，酵老了，便画二个，嫩的不画。同样的缸，同样的下料，可熟得有先有后。老伴的解释是，一个爹妈生的，也有高矮胖瘦呢。验过了所有的缸，老人便把老伴领到房檐的树荫里，坐在偎墙的藤椅上，打开便携式收音机，让她一边听，一边闻着他干活。出货前，为了让汁子醇厚、味道更浓，需要遮上纱棚多晒太阳。收音机里播放着评书《隋唐演义》，琴书《呼延赞相亲》——其实都是老头子爱听的，她觉得让他听着带劲就好。说唱的空隙间，她万分关切扶手梯子的移动声，一般来说每个酱缸都要定期搅拌，老头子那时候年轻，站在缸沿上就可以了，现在老了，说什么也不允许他再那样做，她得听到他站在梯子上才安下心。有时候老头嫌麻烦，她便怒狠狠地嚷："梯子！梯子！你嫌死得慢是不是？"竟站起来要去拦。她颤巍巍地刚探到下一个台阶，再要探脚时，就听到老人妥协的回声，于是转身，重新坐好，不满地咕哝着："这么轻的梯子，老东西还嫌麻烦……"

因此每一回干活，她必然在场，必然听评书，必然听梯子声，

为什么没有项羽呢

也必然听到从大湖上掠来的风,是从墙外的梧桐上翻过来呢,还是从大门口跑进来。她冥想着那块湖,想得久了,生起了留恋,说老头子,我死了,你把我丢到湖里吧,我觉得那儿挺好。

"好个屁!你是给闲的!穷想……"

"你咒我?你咒我眼睛瞎看不见?"

"你不是咒你,我怎么会咒你呢,谁死不一定呢……"

"我先死。我不连累你。"

"以后不说这个行吗?"

"你知道呢,人瞎了,白天都做梦,我就常梦到……"

"醒醒,别做了,咱得做饭了。"

她这才终止一个梦,挪进另一个梦里。

腊月二十四,"小年"这一天下午三点来钟,她坐在他身后的藤椅子里,收音机关着,他蹲在小菜园边上剁猪头,血水流进泥土里,那里生长着菠菜、小青菜和白葱,前年土层底埋过粪料,菜叶长势不错。他愿意将血水当作另一种肥料,因此剁得很细,每剁一节都要用清水冲一冲,这样就省再洗了。这些年,新一代的人都忘却了剁猪头、煮猪五件、炸麻花果子等旧俗,他沿袭着,觉得猪头对于神来说是一件神圣的祭品,若有客人来,也能当作一点礼物。他将猪头分为三份,舌头和耳朵一份,其余一分为二。他正将其中一份细细分剥时,老伴突然说,有人来了。

谁呀。他接连还了三声。

我。是我。他辩得不甚清,对方喊了声"大叔",又喊了声

"大姨"。老头子证实了，是队长。马队长。当年的队长。老头子在老伴的肩头按了按，又握了握她颤抖的手。老伴因为忽然跃入的惊扰和意外，激动之余不免有些哽咽，抹了抹眼角说："马队长，来，坐，坐。"

老人将马队长提来的玉米油、蜂蜜和两条鲤鱼放在屋檐下，吱了一声，继续平静地剁那一份。剁好了，打好包，连同十斤栗子，一并放在方凳上，才把纷乱的思绪扯回来。

马队长问："大叔，还好？"

"好。挺好。"

"大姨，还好？"

老人说："打冬感了两次冒，好啦。只是……不记得味。"

马队长没怎么明白。老人解释说，往年鼻子灵验，今年不灵了。闻不到味。香味啥的，都闻不到。

老伴马上接过话说："小马啊，你大姨快死了。"

马队长尴尬地笑笑，抽出两根"大贡"烟，为老人点上，直了直腰杆说："我看大姨挺好的，精神，气色也好，鼻子不灵，兴许感冒没利索，等等就好。"

"真的吗？大姨气色好？我眼瞎，你知道的，我看不到镜子嘀！"

马队长马上把眼神投向老人。老人微笑道："马队长是夸你的哩，听不出来？"

"怎么是夸？马队长是实在人，从不胡乱夸人的，哪像你！"

都笑了。老人怀揣着小小的火苗种子，寒暄之后，便问起马队长的两个儿子。"都在外边打工呢,一个当司机,一个在工地上。""结婚没?""大的去年结的,小的还得再等等。""外头有那么好吗?净往外头跑?"马队长回复道:"好呢,也说不上多好,年轻人见见世面,我就这个意思。见过新鲜了,再回来,心头稳,不易生事。"实际上乡村里外出打工的人大都回来了,因为外头的房子不容易买,在农家人的眼里,只有等房子安顿好才有资格谈婚嫁,再说儿子在身边,做父母的心里也安稳。但毕竟,家乡提供的机会少之又少,马队长打算租块湖,投些钱让儿子搞养殖。

老人问:"他同意啦?"

"我先通个风,他有意见是他的,将来拖家带口,不挣钱怎么行?年轻嘛,心高点,气傲点,都理解,不过一结过婚,人也就踏实了。像我这岁数,觉得这世界越来越大,人越来越小,小到芝麻粒子,可年轻那会,也是心高得很啊……"

老人叹了口气说:"嗯,还是你好啊。"

这话,马队长自然听出了弦外之音,自然朝西院的酱厂里瞅了两眼,抹回头,正对上老人阴沉的眼光,便垂下眼神说:"大叔,事情还没到那一步。"

"若到了呢?"

"你们聊什么呢?我怎么一句听不懂呀?"老伴插嘴了。

马队长问:"大叔,你和大姨那边,就没个亲戚?远房的也行啊。"

"我跟你大姨是逃荒过来的,也是逃荒时认识的,我抢了块烧饼给她,她就跟我了,被抢的人呢,指不定早饿死了……唉,人吧，这辈子谁没犯过浑呢，后来我们也回去过，没找着，就算找着了，这么远，过了这么些年，哪有什么味啊。我呢，倒有个弟弟，我朝西，他朝北，如果活着，大概在山东吧，差不多还活着——"

老伴一直在认真地听，马上截断说："我倒有个表姐，一儿一女，孝顺能干，可你大叔不同意！"

"是人家不愿意来！人在那边过得好好的，全搬过来呀，住这破房子？"

"破房子？不叫人住，你叫我住？没良心！马队长，你听见了，他怎么对我的！"

"楼我盖得起，三层五层不在话下，可你说，房子要接地气，就像花草，不接地气身子不好，容易得病……马队长，你看上回啊，她在城里住院，那医院豪华，空调暖气，沙发电视，还带卫生间，她怎么说？她说住不惯，嫌空气薄，才十二楼呀！叫我搬到一楼住，我对她说，我说一楼没有房子，住院部都在楼上，她不相信，非要我陪她下来看，你又看不见，好像她到一楼就能看见似的！"

"谁说我看不见？我能闻见！味就不一样嘛。"

"没有就是没有，你闻也没有用。"

"马队长，他欺负我！他刚刚说什么来着？一块烧饼把我骗到手！不是一块，是两块！"

马队长嘿嘿笑起来："我看呐，大姨身子真挺好的。"

"你来了，聊一会天，心情就好。你大叔，有时一整天不理我！不跟我讲话！"

为什么没有项羽呢

"我剁猪头呢！做事不能分心，剁到手怎么办？"

老伴马上摸索着方桌上的袋子说："大过年的，马队长来一趟，老头子，你看你，怎么不准备呀……老头子？你上午杀的鸡呢？给马队长提上！"

老人奇怪地看了老伴一眼，去屋子里拿鸡。

马队长走了后，她的脸上仍然洋溢着温暖的阳光，摩挲着夕阳里映红的手掌，正对着马队长离开的方向，侧耳倾听着，直到掠过湖面的风掩盖了一切。围墙外已经传来孩子们的鞭炮声，东院里的人都回去过年了，管理站也空了，暮色渐渐浮起，四下里寂静、空旷，她抹了抹脸颊上的热泪，对老头子说："晚上，别忘了给咱闺女烧把纸……"

老人不禁问："以往，你对马队长理都不理呀，今天怎么了？"

"以前我觉得马队长像鬼，现在我觉得他像个人。"

老人的春节平静而简单，管理站发了二斤香肠、一袋米、两瓶礼装香油，老人蒸了一些香肠，拌了口条、耳丝和白莲藕，然后红烧鲫鱼，炖了栗子鸡。贴过春联，放过鞭炮，老人开始了两个人的春节。老伴有自己的专用碗，吃菜是按次序的，他先报出菜名，老伴说香肠吧，把碗交给他。他搛几筷，老伴接过碗，拿勺子慢慢拨进嘴里，细细地品尝。他问："怎么样？"她舒展眉头说："香肠？是不是把肉裹起来的那种？长溜溜的？""嗯，像黄瓜，粗细差不多，红的，就是有点甜。来下一个吧，耳丝怎么样？我切得很细。"她吃得很慢，以便容出时间让他喝些酒，自己呢，则陪一两杯。他喝一口，把杯子递给她抿半口，议论着菜的咸淡。吃到一半，她忽然说:"我想吃烧饼,带芝麻的那种。"

"早说啊,现在哪里有,都歇了,过了节我去买。"

"我吃好了。"她放下碗。

"再吃点么,嗯,油多腻人,来点藕。"

她勉强吃下几口说:"你吃,我听你吃。"

"你说马队长像鬼,是啥意思?"

"害人精。"

"怎么又像人了?"

"本身就是嘛!"

栗子树已冒出了新芽,受阳光的照射,惊奇于自己翠绿的变化,又耐不住寂寞,把和煦的风招引来,把蜜蜂和各种小虫子引来,那东西两院的花草也都繁忙起来,花粉在空气里四处飘扬,接着是迷乱的杨絮,直到等来一场雨,它们才安静下来。

酱缸在积极的发酵中,不需老人操心,西院里到处弥漫着甜面酱年轻的气味。地面得到松软,一铁锹下去,土壤很容易就翻开了。几乎一整天,老人都在悉心照料菜园子。既然安然度过了这个冬天,接着就要应对春秋两季。夏天对于老人来说是一个等待的季节。周而复始,他并不为单调而感觉厌烦,一切本应当如此的。他依着这个规则生活,而这个规则也适宜其他人:镇子上打工的也已南下北上,管理站布置的工作有条不紊,水晶厂新进了一批巴西原石,老赵新接了一户人家的木工活,带儿子一起打制,鱼塘里,新的鱼苗撒播到湖水里,停顿的砂石厂重新开工,电池厂新来了一位

为什么没有项羽呢

厂长,等等。

而周而复始中也有异常,油菜花正炽烈时,老伴忽然叫他寻找压放在紫漆箱底的寿衣。

老人惊惧地问:"你找那个做什么?!"

她说:"我要看看,它在不在。"

准备了两套。一套他的,一套她的。在,当然都在。原封未动,肃然地躺在箱板底。原来老人担心自己先走,老伴心眼儿小,若像女儿那样想不开呢。所以一齐买到手,为老伴省略,也为别人省略。不过一直压在箱底,平平整整的,从来不曾动过。她这是怎么了?

老伴摩挲了好一会儿,叹息过一阵子说:"我觉得……该差不多了……"

老人气得一把夺过寿衣,丢回箱子里,怨道:"闲的!我看你是闲的!"

老伴也气了,说:"我骗你做什么?!"

老人回了一会儿神,磨磨蹭蹭地,磨回到老伴身旁,挨她坐下,细细打量着她的一丝一毫,并未发现异样,便问:"你做梦啦?梦到什么啦?我求过了,去年一开冬我就求过了,保平安,这外头天暖和了,你胡思乱想的……不要嘛!"

老伴颤抖着握住他,牢牢地、那枯瘦的指节如铁丝扣住一根木桩,到极致的那一瞬,忽然像呼出一口压抑许久的信息,无力地松开来。老人感觉到那是一种漂浮:他的掌心是湖,老伴像块木片,令人恐惧地浮着。他的身体,刹那间像失掉重心摇动了几下。窗棂上，灯光削去一块阴影，却留下更大一块阴影投到墙壁上。三五点杨絮被昏黄的乱风送进来，因为屋子里滞闷的平静，居然悬留在半空里，一动也不动。

"我……看到女儿……来看我，她——"

"什么时候？"

"你在菜园里忙的时候。"

"你看到了？！"

她运动着睑内的眼球，点了点头说："她说过几天再来……"

水壶烧开了，呜呜直响，老人提起水壶，丢到地上，怎么也坐不下来，在屋里焦灼地走动，走过去，又踱回来，不住地抚摸胸口，把菜柜子拉开又合上，拉开冰箱门，反手又关上："这不可能的，你瞎想，她来做什么？她为什么要回来？她还要再来？你告诉她，就说是我说的，走了就不要回来！"

"你看你，生什么气呀。她不是小孩子嘛。"

"小孩子？！打春虚岁就四十九了！小孩子？"老人不及想，脱口道，自己倒吓了一跳。

胆战心惊熬过一夜，老人一醒马上弹起来，摸摸自己，再看老伴。老伴听到他醒了，说："醒啦？"伸过不甚温暖的手，摸索到他的脸，安慰说："我欠你这么多，你怕什么？""你欠我什么了？""两块烧饼。"老人笑了，"两块烧饼换一个人，值啊。"坐起来，捶打着酸痛的肩膀："唉，看你把我吓得……没睡好……"接着掀起窗帘，"今天阳光不错啊，该翻缸了……"

"洗呀浆的，烧菜做饭，连上厕所都得你扶着去，不是你，我

为什么没有项羽呢

早死了……"

"看你说的，再怎么着，还是活着好呗，别去想了……"

沉吟片刻，她像回忆着另一个人的一生，说："我也想啊，再等等你，可等到什么时候呢，等到终也得走，我不怨，也不怪，我是享了福了，清清淡淡的……你别难过呀，我一点都不怕，哪怕石头，也有风化，钢筋铁蛋子，也得锈死的……其实这么活下去，唉，再活个三年两年的，无非让你多添累……"

"好了，别说了，别瞎想，我该干活啦。"

翻缸是个累活儿，一上午，他让老伴寸步不离，也只翻了五口缸。其余的都把斗笠敞开来，让阳光好好地暴晒一番，傍晚再掩盖上。这样连续三天。第四天，老伴说我闻到了一点雨腥味，天可能不太好，等等再翻吧。老头子看了看飘着几片灰云的天空问，你鼻子好啦？觉得鼻子到底不如眼睛好使，就没等。果真，十点来钟，太阳又出来了。他对她说："怎么样，老天等着咱呢。"

翻第十九口酱缸时，他站在梯板上，右肋骨突然一阵刺痛。他不敢动弹，慢慢地吸气，深呼几口，待稍稍缓和才把握铲子的手松开，撤回到地面上，抚摸着温热的缸壁，慢慢地摇动着腰，耳朵里却乱嗡嗡的。他觉得哪地方不对劲，抬头望了望蓝澄澄的天空，接着把目光扭向老伴。藤椅里，她好像睡着了，收音机里的评书仍继续地讲：

"程咬金擎起两杆大斧头，正待往下切，只听'得'的一声，他一愣，这声音好熟啊，谁呢？这荒山野岭的，身后那棵大树，阴森森的，他就把斧头收回来，朝树林里大喊——"

老人接着对自己说："最后一缸了，怎么也得将就一下吧……"爬到半截，忽然觉得异样，警觉起来。老伴怕晒，他干活的时候她都待在树荫里，太阳一挪，她都要招呼他挪椅子，可大中午的，她整个人都晾在阳光底下。他恍然记得，大概从前一口缸开始，他挪梯子前就没听到她的嘱咐声了。

老人狠狠地抓住梯子把手，把失去知觉的脚掌落实到地上，取毛巾擦汗，也不知是哪里的汗，咸丝丝的。眼前的景象有些虚幻，看不甚清，只凭感觉知道那十八口酱缸在等他，他慢慢地转过身，怀着些许侥幸喊着："喂！我干完了！"

他做着艰难的准备，又喊："喂！我干完了！"可声音全变了。他看到老伴长长的青灰色的头发无力地晃荡在阳光里。

"且说被抓住的那个人往地道里一跑，秦琼急了，他练就了夜行功夫，在黑暗之中，他影影绰绰看到身影，三蹿两纵就追上了那个人，又把他抓了回来，把刀往他脖子上一搁：'你还跑不跑？'"

仿佛事实被他的脚阻止着，他感到有些冷，腿软，呼吸的器官也不属自己的，摸索到怀里的纸烟，点着了，倚在酱缸上，对着另一口沉默的酱缸说："唉，老伴啊，这次我又猜错了……那年，很早喽，晚上下暴雨，玉芬要出去，你拦着，不让，你说女儿有事瞒着，我说叫她去，亲自把事解决了，不更好么？……我错了，其实我跟玉芬一样，什么也解决不了……我这辈子，就没听过你正儿八经的话，现在你说，你告诉我，你想去哪……我一定听你的，你喜欢跟玉芬待着呢，还是喜欢这里，你说啊……"

他说不下去了，也不知何时走到老伴的身边，缓缓落座在石阶上，背对她，闭上了眼睛，承受着倾泻而来的酸痛的阳光。良久，他慢慢地扭过脸，看到她嘴巴半张着，鼻尖上伏着几绺顺从的灰发，任由着风吹，失明的眼睛最终没能睁开来，看到他最后的样子。藤椅沿上，一节纤细的手腕伸出来，反射着阳光的那只银镯子那么刺眼，多少年来，从他们结婚，它日夜陪伴，比他更忠实、可靠。

傍晚，老人终于下定决心，说老伴啊，你还是别过去了，咱就在这园子里吧。

连夜辟出一块长方形土槽，就在第十八口酱缸的旁边，上面覆满无用的、被雨水浸得发黑的杂草。槽子很深，老人挖的时候架上梯子，底面垫上几层黄沙，他犹豫着要不要用一点水泥，在他的记忆里，第十一口酱缸底下是没用水泥浇的。考虑到进口木材的防水性和自己的体力，他放弃了。

早上七点他给老赵去电话，订两具棺材，其中一具要最好的木料，不为抵账，是为老伴的，他付现金。老赵的声里流露出一点难堪，不过答应得很爽快，并劝慰了几句。又订了第二十口酱缸，为他自己的。他坚信自己仍未到那一站，不如朝前再迈两步。接着，他打算通知马队长和牛老板，不对，马队长那边他得亲自去一趟，这么做比较妥当。

当年，主意就是马队长出的，这一次也不例外。只是，主意虽是他出,人却不来园子,他清楚死的无常,生也是无奈的生。

说不定很快就摊上下一次了。马队长是不会提任何条件的,这一条,他深信不疑。至于寿衣,仍像当年那样,放在西山的那具空棺材里。没人会知道的,除了马队长和他自己。其他的,见一次面,比什么都重要。他们都清楚的。

为什么没有项羽呢

唐人街

  下午五点多,何念在手机里问我在哪儿。我不愿告诉他在宾馆。宾馆里有干净的床单、垂地窗帘、暧昧的台灯和令人想入非非的钛合金浴室,而何念对他人的隐私偷窥成瘾,绝不会放过我。各种念头一闪即过,我不能耽搁,他会起疑心,咬牙不放。我瞄了一眼"四川洪水报道"说:"在看电视。"我料他听到了女播音悲戚戚的声音,我实况实说,我们都坦率、放松。他马上捉住这条小尾巴问:"在哪里看的?"我心想,该来的总归来的,于是加快语速:"上头有个采访,我正在陪两位领导,有事长话短说。"那边停顿两秒说:"田志科出事了,他如果打电话找你,切切记住,不要再打击他。"
  我快步闪进浴室,压低声音问:"何念你什么意思?我什么时候打击田志科了?都是你和于虎取笑他,你现在居然说——"

"所以田志科一定会找你。记着我说的话，好，我挂了。"

我马上拨过去问："田志科到底出什么事了？"

何念支支吾吾的，不肯告白，他本就是那种守口如瓶的人，毕业后一直做审计，我恨不能用锂电池将他的嘴撑开。不过我估计田志科不会出什么大事，他太瘦了，身高175厘米，体重不足110斤，薄脸小脑，四肢纤细，长年穿着银行的黑白色职业装，寡言少语，肋骨根根，说"文弱"都是赞美他。肉都干了，哪里有油水可榨？卑鄙的何念，他是不是出于恶意的嫉妒？若说嫉妒，大约有两点，田志科在银行的会计部工作，负责报账，另一点嘛，至今，田志科还是单身。尤其后者，何念很羡慕的，他经常挂在嘴边的话是：假如时光重回，我一定要向田志科学习，学习他一不怕孤，二不怕单，三不淫欲的"松树精神"。

其实单身倒也不算稀奇，稀奇的是车雪莉喜欢他。何念就嫉妒了，嫉妒得难受，抓耳挠腮，浑身燥热。因此，何念这么一说，我反倒觉得他故弄玄虚，甚至说，有点幸灾乐祸。

不过，第二天田志科约我吃饭时，我意识到，这一次何念可能是对的。

地点在我们办公室后面的商业街，"何记快餐"，卫生，二十四小时营业，辣妹很多。吃法自由，既可选快餐，也可像大排档一样看盘点菜。黄鲶、草鱼、罗丝鸡、龙虾和时令蔬菜都洗得清爽干净，引人食欲。一路上，田志科都在闷头回发短信，一脸愁苦。我们半个月没见面了，刚一见，他更瘦了，面如白蜡，渗着一缕缕淡

为什么没有项羽呢

淡的枯黄，一笑，颧骨勒出一层褶子皮，我感觉他的胸骨都露了出来，噢，这么点年纪，眼角有皱纹喽。我说："老同学，你胖一点不行么？"他挤着干涩的眼皮，咧嘴一笑："你知道的，我天生就这种体质。"

不是的，起码上大学时，田志科雄心勃勃，锻炼出一身肌肉。宿舍里，我们床位的墙上都贴美女、灌篮明星和企业号航母，田志科贴着健美运动员，橄榄油皮肤，沙丘状肱二头肌，连微笑都那么肌肉。车雪莉倒没觉得它们有多健美，因为太夸张了——却对田志科朴实无华的肌肉心动不已。假如田志科在肌肉上做点小文章，稍微动一点脑子，车雪莉就永远属于他了。她暗示过他，有一回在列车包厢里，我亲眼看到车雪莉的纤纤细指将田志科领口的几粒馒头渣捏下来。捏完后，她的手掌朝他的胸口按了按，好像买瓜种的老农，试试瓜种实不实。车雪莉说："你看，我的手比你的白衬衣还白。"车雪莉眼波荡漾，手指间春光明媚，她对我们视而不见，眼里只有田志科。而当时，田志科冷静地推开她的手说："你的手没我的衬衣白。"

"那说明你没洗干净，要是我洗，一定比新的还新。"

谁都知道，车雪莉从不洗衣服，她指甲细长，涂得花花哨哨，手腕上的银铃铛哗啦哗啦响，田志科背后告诉我们，车雪莉喜欢卖弄风情，他绝对不会和这样的女孩子谈恋爱。谁知道一晃多少年过去后，车雪莉居然成了田志科的"红娘"，她就像关心自己亲弟弟的终身大事一样，为了他，不辞辛苦，不计报酬，不求回报，甚至低三下四："志科，你去看看嘛，就看一眼，看不中，我再给找，直到你满意为止。志科，去嘛，去，求求你，去嘛……"

这一找，就是五年，车雪莉的女儿已经四岁了，上幼儿园。幼儿园离田志科的单位很近，近到只有区区二十多米。一遇到田志科，车雪莉的眼神就像经历了二十多年，委婉，怜爱，秋波依依，每回都急切地问："志科，你到底要找什么样的女人啊？"田志科有点尴尬了，他不能不尴尬，在这个世界上，也许车雪莉是最了解他的，但从另一个角度说，车雪莉又是最不了解他的。一个女人能把一个男人了解成这样，除了自己的母亲，还能有谁呢？而一个相处了这么多年的女同学，竟然问他这么一个简单、幼稚的问题，除了车雪莉，还能有谁呢？

田志科吞吞吐吐地："就是，就是……没多少感觉。"

"是啊，感觉，"车雪莉回忆着说，"你的感觉一点都没变，可社会已经变了。"

他们会闹一会气，可没过几天，车雪莉仍然热情洋溢地告诉老同学："志科啊，我又给你物色了一个，是幼儿园的老师，叫罗裳……"

田志科告诉我，罗裳是他的初恋。我急欲获知真相，随意点了四样菜，一落座便问："你现在形销骨立的，就因为这个罗裳？"

田志科艰难而无奈地冲我点一点头。

我摸不准这是不是何念所说的"出事了"，假如是的话，打击不但是应该的，更是必须的。不过，一听田志科说又瘦了五斤，"黄金"般的五斤，我实在于心不忍，话涌到嘴边又生生咽了下去。我等他发完短信，两瓶啤酒落肚，他的短信仍在回来的路上。

为什么没有项羽呢

我憋不住了:"就这么点屁事,你值当吗?我离个婚,也没你这么啰唆!"

田志科突然眼睛一亮:"奇妙,雪莉也这么说的。"

"但凡是个人,是个男人,都会这么说。不就是分个手嘛,我亲爱的车雪莉同学,为你介绍了多少?少说有二十个吧?再加上你身边人介绍的,你亲戚和朋友,有多少?!我告诉你,这个世界上,最值得你珍贵的不是别人,是雪莉!"

田志科眼睛又一亮:"奇妙,何念也这么说的。"

我一听,就有一种整吞啤酒瓶的欲望。田志科背起双手,下巴上抬,像迎接外星人似的,对着刺目的镁光灯,自语道:"奇妙,难道,我错啦?你们才是对的?"

我托着腮,几乎不用大脑,问:"你看上罗裳哪一点啦?漂亮?贤惠?感觉?她爹她妈还是宝马奔驰?哪一点?"

"有点感觉吧。她爸住院,身体不好,家庭呢,都在农村,开了间小超市……"

"那么多介绍的人里,她是最好的?"

"其实最重要的一点是,她赞同我的'唐人街计划'。"

我在心里骂:一对脑残。

我记不清具体哪一年了,田志科练完哑铃,一头热汗问:"你们知道美国的唐人街吗?"

何念接过话说:"怎么了?打算搬到中国来啊?"

大伙儿齐笑。

田志科却一本正经地继续着:"唐人街的一名中国人,今年拿到全美的一个健美大奖。"

我们对健美兴趣不高,于是省略热情,专攻周末的联谊晚会。

田志科仿佛跟唐人街黏上了:"为什么唐人街只在美国,不在中国呢?"

何念说:"废话,唐人街就是中国人的商业街,中国遍地都是。"

"那中国为什么没有美人街呢?或者叫美国街。"

"肯定有,只是我们不知道而已。志科,你这个问题,明晚的联谊晚会上一定有人知道。你去问问。"

田志科说:"我已经知道答案了,因为美国尊重我们的传统,而我们尊重美国的现代。"

一个同学反驳道:"谁说我们不尊重美国的传统,那是因为美国的传统不适合我们。西餐,适合我们吗?火鸡,我都没见过。还有美国人太开放了,我们受不了。所以——"

"既然我们尊重美国的现代,就应该有美国街,方便两国间的传统交流。"

何念说:"联谊会上也有美国同学,你代我们去交流吧。"

联谊会上田志科喝得醉醺醺的,他告诉我,毕业回到家乡,一定要弄个唐人街。我奇怪的是,他为什么不说美国街呢?但是这种豪迈的个人理想,说完就被我们遗忘了。我们迫切需要一份稳定的工作,娶妻生子,抚养家小。我们不认为这跟唐人街有什么关系,更何况,田志科的凭空想象令我们很气愤。他的电脑每天播放的都

为什么没有项羽呢

是家乡老人们常听的柳琴、大鼓戏。所以何念经常打击他,给田志科起"田老头"的绰号。一开头问:"田老头,试考得怎么样?"田志科答:"马马虎虎。"暑假又问:"田老头,唐人街筹备怎么样了?"田志科说:"正筹划呢。"毕业那年夏天,我们忙着找工作,不大见面,一见便问:"田老头的唐人街开张了吧?"我们都笑。田志科却从床上翻身下来,一脸严肃,向我们索书。我们借他的书,书都下落不明,我们哪里找去?同宿一个问:"老田,读了这么多年书,你还没读够么?"田志科厉色地:"狗仔,什么话?唐人街的书店,一本都不能少!"大家一听都高兴坏了,正愁收破烂的不来呢,全让给了他。田志科整整发了十四箱书,物流费我们自己掏。车雪莉又统计了女生宿舍,送来五箱。车雪莉亲手打的包,打胶带,拖上拉下,手起了茧子。

田志科酒量很差,一瓶啤酒脸赛猪肝,那天晚上居然咕嘟嘟倒了一瓷碗啤酒,端起来,感谢车雪莉。车雪莉举起小杯,轻轻一挑,刚要喝,田志科说不行,你要满得和我一样。打饭的那种瓷碗,整整一碗。酒瓶里还剩了一点,田志科鼓起胸膛,对嘴吹得泡沫不留,说酒比粮食贵,不能浪费,接着,喉结一伸一缩,扑通,一腚摔到椅子上。车雪莉挺起饱满的胸脯,在我们的注视下慢慢回落椅子上,不知是感动还是被酒呛得,眼泪就流了下来。

田志科又满一大碗,像毕业演讲似的,一手持碗,一手叉腰。车雪莉眼光含水,怔怔地望着他。车雪莉动情了,女人动情的眼神就像水里包着一团火,只要男人将这层水收了去,女人的心就烧起来。我们的心提到了舌尖上,悬念太强了,太意外了,车雪莉的痴情令我们无地自容,我们联谊、网恋、酒吧搭讪,而车雪莉永远静静地守在她的角落里,守望着始终对她无动于衷的田志科。我们都心疼,都怜惜,何念为此乱了方寸,妒忌得眼珠子发绿。车雪莉同样满了一整碗,满也就满了,居然学着田志科,吹起瓶底的那点残留泡沫。这不明摆着嘛,车雪莉的心拴在了田志科这颗"石心"上。

田志科说:"车雪莉,我邀请你加入我的唐人街,你答应……答应不?"

车雪莉脸上的微笑和水意慢慢蒸发了,她放下了碗,轻轻坐下来。坐下来,她揉着头发,不作声。都看出来,车雪莉要的不是这个,她为自己的痴望感到委屈,感到亏,感到痛。田志科却没看出来:"雪莉,你喝多了。"就这点问候,车雪莉又笑了:"田志科,我没有喝多。我喝得太快了,高兴的……"说完,强忍着,忍是忍了,可憋着一股怨气,眼神变得凶狠起来,她望了望田志科,又望望碗里的酒,好像觉得酒碗离她更近吧,便端着站起来:"田志科,这是毕业酒,喝完了,我们就散伙,各走各的。"何念高兴地鼓掌:"好!祝大家前程似锦,风光无限!"田志科突然不喝了,丢下酒碗,摇着醉头,眼神怔怔的,朝碗里直直地瞟,瞟完了,抬头朝车雪莉身上瞟,突然一拍桌子:"唐人街,不允许肮脏!它是一块净土,是我们大家的净土!唉……这倒霉的酒,我去趟厕所。"田志科长叹,抬脚没迈几步,腿一软,一腚歪在地上。车雪莉喊着"志科",跑过来扶他。

车雪莉怒火冲天地对我们嚷:"你们不准欺负他!谁再跟他喝,

为什么没有项羽呢

我就咬死谁！"

田志科真是喝多了，他一把抓住车雪莉，搂得她喘不过气，直咳嗽，就当着我们的面，头枕在她的肩上，脸贴着她的脸，嘴里呜呜哇哇地，像哭，不是哭，像号，也没号出什么，总之听着挺痛苦的，挺真情的。车雪莉的脸肯定红得要死，可任由他抱着，不但他抱她，她也慢慢抬起胳膊，搂紧了他的腰。不知是什么力量的驱使，车雪莉越搂越紧，突然哇一声，放声大哭。我们都惊呆了，慌了，不知所措，全都呆坐着，默默地听车雪莉一抽一嗒地哭。一分钟过去了，两分钟过去了，到五分钟了！车雪莉哭倦了，其实也不是倦，是空，是把心里哭空了，哭成一座无人的城，她的思绪便在城市上空慢悠悠地飘落着，终于飘到地上，落实了，安安稳稳地，她轻轻拍着田志科的背说：

"志科，你不是上厕所嘛，我领你去。"

车雪莉像搀扶一个病号，慢慢走出饭店。

何念像中毒一般痛苦地呻吟着："妈呀，天底下哪有这样的事。"

是呀，我就一直不明白，田志科为什么不跟车雪莉好？不是我不明白，没有人明白。

我没见过罗裳。田志科不让见，更不会把她带来，让我们见。兴许，罗裳知道我们在，也不会来。因为分手这点屁事，我让车雪莉做中间人，和罗裳见一面，车雪莉不答应。她心里的那团火只能为田志科燃烧，对其他人，是冰，是铁，是孤傲无比的剑兰。比如何念，一毕业就想暧昧地接近她，车雪莉发觉异样后，明确告诉他，她快结婚了。某天深夜，田志科又喝醉，何念用田志科的手机给车雪莉打电话，也许不到十分钟，车雪莉驾车赶到，将何念和我训斥一通，接着扶田志科上车，却叫我们自己打车走。田志科后来告诉我们，那天晚上，他就住在车雪莉家。假如这种事发生在别人身上，我坚决不相信。田志科说："我们很纯洁的。"这一点我也相信，单凭车雪莉为他张罗对象这事，我也应该相信。我怀疑的是田志科补充的一句："她丈夫也在家。"看来，田志科一直试图证实他的"纯洁"，而忽略了内在的合理性。比如讲，他鼓动我们加入唐人街，条件是我们不能以赢利为目的，是公益性的。既然是公益性质，那么，谁来投资？田志科说投资人我去找。好，你去找，那投资周期是几年？一年，两年，还是三年？田志科说最低五年。好，三十间商铺，五年，租金可不是一笔小数目，投资人的收益呢？田志科说公益性的，讲什么收益。我们都笑了。不过，假如田志科真有本事，找到免费施粥的投资方，我们掺和一下，也未尝不可。田志科告诉我们，工作两年来，他结识了许多大老板，说实话，有些人是怎么发家的，连他们自己都觉得不可思议。其中有几个人，想为地方做点福利事业，像养老院、教堂、寺院什么的。一位身价过亿的老总，女儿光买网游装备，每年就得花五十多万。一般人买一套房，拖家带口，考察一年半载方才动手，田志科认识一个小职员，据说丈夫管市政，一出手就是十套商铺，全款。田志科的意思是，唐人街的五年租金，也就值两套商铺而已，劝他们做一点有益于社会的事，不是勉为其难吧。

为什么没有项羽呢

　　我们倒听出了一点头绪。何念的看法是，人，生而好利，贪得无厌，投资买房，他们一万个愿意，因为能增值，而唐人街不能，投资唐人街相当于打五年水漂，玩的！杀了他们也不会同意。田志科却说，像他们那样的人，一辈子不缺钱花，打打水漂又有什么关系。

　　于虎说，建寺院，养老院，表面上是打水漂，实际上更长远。建寺院，是希望神保佑他们继续赚钱，修建养老院赚的是好名声，表明他们做善事。唐人街有这种功能么？有，可那是替你田志科赚名声，替别人做嫁衣这种事，一般来讲很难。

　　田志科自言自语："这个世界上就没有这样的人吗？我不信。"

　　他不信没关系，反正我们是信了。他也承认，罗裳是第一个支持他的人。我们一下顿悟了。顿悟之后，我们十分渴望认识一下这位与众不同的女子。但是田志科总说，下次吧，下次。有一回答应来的，我们很兴奋，突然说单位临时有事，来不了。后来，于虎要请大家唱歌，田志科又拨过去三个电话，罗裳说跟同事聚餐呢。我感觉她似乎不大愿意加入田志科的圈子。田志科内向，罗裳的圈友都说他们性格互补，而罗裳却认为田志科不像个男人。我有时想，田志科矢志不渝地推行他的"唐人街计划"，是否与这句话有关联呢？

　　罗裳第一次闹分手，因为田志科迟到了七分钟。其实在许多类似的相亲约会中，田志科经常以迟到开场。他相信一位名人说过话，迟到是对他人的考验，亦是一种控制。当介绍人说"啊，终于来了"，田志科感到一种施虐般的莫名兴奋。最壮观的一次，七个漂亮女孩围坐在桌边等他。他感觉就像走进了自选超市，他只负责挑选，酒水饭菜有人埋单。田志科的心情是愉悦的，是淡然的，态度是含混、模糊的，既不点头，也不摇头，只是微笑，会心的、矜持的，也是含蓄的。他在品鉴、评判，在感觉、审美，往往这种时候，他也是傲慢无礼的。席间一个女生掩面说，他太瘦了，像麻秆。田志科悠然咂了口苦茶说："以肥为美，那是唐朝；以猪为夫，那是母猪。"后一句女生没听清，要他重复。他只说了一个字："猪。"说完，他无视众人，哈哈大笑。女生既不生气，也不作声，冷眼，脸上几乎挂着微笑。等田志科笑过了，她咬起牙："傻×。"

可是在罗裳面前，田志科没这么走运了。罗裳一开头就碾碎了田志科的傲慢无礼。罗裳说："你迟到了七分钟。"田志科："啊。"意思是承认了，另一层意思是无所谓。不就七分钟嘛，又不是火箭上天。罗裳扭头就走。田志科犹豫了一下，决定去追。他追着她穿过斑马线和人行道，躲闪着过往的行人和电瓶车，终于在一块LED电子屏前追上她。罗裳冷如冰削。田志科气喘吁吁地，期待约会。罗裳妩媚地咬了咬嘴唇，斜瞟他几眼说："我们分手吧。"

田志科告诉我，当他咀嚼着这句话的含义时，罗裳早已无影无踪。他吻过她，吻是甜蜜的，也是有毒的。他饿，想吃，可罗裳只许他吃几口，每次几口，他逐渐上瘾了。再吃，罗裳不让，连见都不让，田志科的瘾一上来，难受得双手抓墙，急火攻心，尤其夜晚，他就像煎熬在热锅上，道歉、认错、央求，一遍又一遍。一周过去，罗裳居然连个短信都不回。可就在田志科彻底绝望、打算放弃时，罗裳突然打电话，约他晚上聚聚。她就像什么也没有发生一样,可田志科变了,变得像受惊的怯鼠,战战兢兢,唯唯诺诺。罗裳当着朋友面,冲田志科嚷:"你男人点行不?"

我们知道,田志科是不爱玩的,除了健美,其他的一概不沾。愈见消瘦的他,也耻于谈健美。田志科曾向车雪莉寻求办法,车雪莉的回答是,学呀,你不是最爱学习嘛。田志科说酒量是天生的,色子有什么掷头,唱歌我不会,麻将扑克我烦心,连智能手机都不会玩。说到这里,我想补充一下,实际上,罗裳比田志科大两岁,车雪莉的关心极为细微:希望找一个疼爱他的人照顾他。可是从田志科的身上看不到一丝被照顾的迹象,似乎是相反的:他饱受折磨。说得难听一点,摧残。简而至极的玩耍将田志科摧残得憔悴不堪、心衰力竭,往往从货场考察回来,她们还在他的宿舍里玩。田志科主动去煮面条,打四个鸡蛋,一碗一碗盛好,端过去。吃面条是谢客的意思,她们可不管,吃过了,继续玩。田志科没办法,发短信求助车雪莉。车雪莉便给罗裳打电话,罗裳默默地听完,将扑克朝桌上一丢:"你们走吧。"

后来问:"你跟车雪莉到底什么关系?"

田志科一惊:"怎么了?老同学啊。"

"没谈过?"

"没有。"

"我怎么感觉,像谈过?"

"要是谈过,她还介绍你呀。"

说的也是。不过罗裳仍然有点不放心:"人有时候就是挺奇怪的,对吧?"然后站起来,收拾自己的东西。罗裳的东西很零碎,她就像回收身体脱落下来的一块块鳞片，对田志科的挽留报以无可奈何的微笑："我有点累了，明天还要出差，等我回来吧。"

房间里都是别人的气息，田志科打开窗子，给自己煮了一碗面条。

田志科最后才告诉我，他惹上一点麻烦。但我想，既然是麻烦，就不止一点。果然，田志科说有点小严重，他给人担保，银行拿不到钱，只好找担保人。哦，惹上官司了。我想起何念的话，不能打击他，便安慰道："吃一堑长一智，先还点，以后这种事不要沾。"田志科表情凝重，半年前买的新房正在装修，没办法只好停工。房子有罗裳的一半，他觉得没有兑现自己的承诺，对不起她。我说："罗裳知道你的苦衷，能理解的。"田志科眼睛一亮："真的吗？她会理解我吗？"我真诚地点点头，虽然我已得知罗裳从未添过一钉一铁，也未选过一门一柜，但是田志科的辛苦她看在眼里，明在心底。罗裳父亲住院期间，田志科在外地进修，让雪莉捎两千块钱去。田志科还钱的时候，雪莉劝他，若实在处不来，她再帮着介绍。田志科说那怎么行，我们都相处一年了。车雪莉便不再说什么。一年，是啊，在罗裳那里一年算一年，我们都快十年了，田志科从未说过类似感慨、怀念或是珍惜的话，好像时间对于我们来说就算个陪衬。田志科说一年，最受伤的不是我们，是车雪莉。

一年？我琢磨了一会问："你这么急，是不是罗裳怀孕了？"

他惊得筷子落地，接着小心捡起来，细细地擦拭着，扶了扶镜架问："抚……抚摸会不会怀孕啊？"

为什么没有项羽呢

"你装什么装？做了就做了，还不承认。"我朝嘴里丢进一片酸菜鱼，舌尖细细地挑着嫩刺。

田志科闷起头，看来是经过一番激烈的思想斗争，小声地问："你说是不是那种事呀？"

"废话！"

"她只许我摸，不许我做那种事。她说她是第一次，很宝贵的……"

"她今年多大了？"

"二十九了。"

我的舌尖倏地停止，感到嫩刺如钉，不由得收起筷子问："你信？"

"要不，我才不许她参加唐人街呢。"

"唐人街非要处女？"

"当然啦。男的，跟我一样。"

他疯了。至今我才确认他的唐人街计划是营造一块类似于幼儿园的纯净之地，所有经营者必须是处子之身，单不说这种想法的荒谬性，仅从可操作性来讲，几乎是不可能的。难道要专聘特殊医生，事先为经营者做一次鉴定？或者去医院开一份鉴定书？如今，几乎没有手术做不到的事，谁都无法保证彼此的忠实度，何况一张白纸黑字？女人尚能以手术欺人，那如何鉴定男人呢？男人的器官自出现之始就和谎言融为一体，所谓的鉴定充其量只是心理层面上的。同时，我们也意识到一个尖锐的矛盾：唐人街和罗裳，田志科只能选择其一。田志科的解释是结婚。不过从原则上讲，结婚也是不允许的，但考虑到罗裳的特殊性，他不反对，也不支持。

"唐人街开业了吗？"我继续问。

"只开了一家，就是罗裳的，表演七巧灯，地方舞蹈一种。"喝完一瓶，田志科眼如红兽，死死盯住一条熟透了却被别人摘走的短信。车雪莉从容回复，可惜只有一句：以后这种事情不要再烦我，我不想管了，也管不了。田志科的表情就像走错了房间，猛然瞟到一位一丝不挂、绝不是等着他的男人。我故作平静，心底有一丝隐隐的快乐，可立马意识到这种快乐的罪恶，我本该同情、令他们和好才是。无论从哪方面说，田志科的所受所为不足以激起我们的仇恨。我想，车雪莉的愤怒至多表达了一种饱受折磨的不解。她将它发泄出来，就这样。兴许，对田志科，她永远做不到彻底的放弃，就像皮和瓢，H和O。我隐隐感觉到，罗裳是一个非同寻常的女子，或者说，她令我们的想象变得非同寻常。

接下来我想了解"七巧灯"。表演者为七个儿童，或者说处子。它的神奇之处不在于舞蹈，而在于拼图、拼字。七个不同图案的灯，拼成"天下太平、五谷丰登"等字样，接着拼成一字金、二字方、三座山、四字塔、五华顶、六字形、七星剑、八字平和九字盅等熠熠生辉的图案。从前，所谓灯是玉米秆捆扎的，田志科觉得"太草"，"草"意指"低级、寒酸"，他改成有机玻璃，蓝边框，内置红灯泡。七个儿童，穿七色七款，由罗裳挑选，配现代街舞，英文DJ。除规定图案之外，罗裳的设计层出不穷，她的理想是"任意组合"，一和一，二和三，三和四，有点接近魔术了，而任意组合正是田志科反对的。罗裳说"七"象征七个音符，七是无限，是自由，是多元化。田志科说什么多元化，简直无法无天。罗裳举例子说，牛郎织女"七夕"约会，"七"表达了无限美好。说到美好，田志科不好再说什么。罗裳的"任意组合"也有一定道理，七巧灯本身就是一个组合游戏，田志科太认真了。这是游戏，不是爱情。

罗裳说错了，其实爱情，也就是一个验证组合的过程。

结果没验好，罗裳又提出分手。

田志科不忍，他说一年啊，整整一年零七天。他的意思我听出来了，这一年是他投入感情的一年，按投资来讲，人力、物力和财力，因为一个"七"字，成了有限、成了监牢，分明是"一元化"嘛。非但如此，何念所说的"出事了"终于浮出水面。

田志科吞吞吐吐，吐吐又吞吞，好像在交代犯罪事实。刚要说，忽然扑哧一声笑了，说真奇妙，她们都劝我，我一直没当回事……

我被他折腾得实在受不了，大声说："你有什么屁不能放么？你憋着做什么？一个屁是放，二个屁也是放，你一块放行不行？我求你了。"

田志科犹豫着，大概在考虑从哪里说起，断断续续地，我终于知道。他找的那个投资人，的的确确签了五年合同，合同一式三份，田志科也保留一份。不久，他便找田志科贷款，田志科不但给贷了，而且是担保人之一。结果投资人不见了，五年租金，实际只付一万定金。现在，田志科被停职，责令去"催收"。

田志科的答复是：人下落不明，我去哪里催收呀。若去，一定会瘦死在半路上。

对于任何人来讲，这都不是一件小事。说句良心话，我们都捂好了存折本，生怕田志科走投无路前来借钱。我相信于虎和何念都打了好多遍措辞严谨的"腹稿"，可令我们深感意外的是，田志科从未提起借钱。我们暗暗庆幸，庆幸这种倒霉的"瘟疫事"没有传染到我们，庆幸田志科并没有走投无路、仍有可行的解决办法。庆幸之余，我们又感到自己有些残忍，有些自私，随着时间推移，一遍遍打电话去，问田志科事态进展如何，需不需要帮忙。何念自告奋勇，明确告诉田志科他有五万闲钱，若急用，随时提取。于虎拆迁补偿五十多万，十万八万的他眼皮都不眨一下。我也不能落后，虽然离婚了，二三万的总能对付一下。而且，我跟田志科说的时候，感觉很不好意思，是羞涩的、负债般的语气。至于车雪莉，我们谁都不敢主动联系她，我们那点虚假的小心思，她若知晓，一定认为我们是在犯罪。

事实上，也不清楚究竟是什么原因，我们都觉得对不起田志科。

初秋的一天，一个自称"稽查科"、名叫曹梦龙的中年人找到我，询问田志科的投资情况。我首先否认"投资"。唐人街是公益性的，不以赢利为目的，田志科像拉"赞助"一样，拉来一位投资商。而田志科的唐人街设想，从早年到今天，我原原本本复述了一遍。我最后说："今天这个社会，像田志科这种无私的人，很少见。"

曹梦龙瞪着一对金鱼眼，一言不发地倾听着，不时在笔记本上记下什么。记一会，抬起头，拿笔杆戳腮帮子，好像牙疼吧，发出咝咝的响声。他的眉又宽又浓，肿眼泡，腮上有粒黑痣，大耳，上嘴皮比下嘴皮要短。双嘴皮一合，他便用手掌捂上。我感觉他很在意口腔卫生，也在意捂嘴的手。他的手背呈嫩红色，手指细长，手肚上生着一簇黑毛。

我说的这些情况看来他基本了解。依他的看法，如果投资商注入公益资金，那么，田志科为他担保就可以理解了。换句话说，田志科和投资商相互勾结骗取了银行贷款。"勾结"这个词很不好听，他笑笑，说合作，相互合作。末了又改口说，交换，利益交换。

曹梦龙说："你袒护他，是害他。好人是不需要袒护的，如果你们不合作，本质上和那个投资商一样，属同一类人，相互勾结。说难听点，交易。"

我辩解道："我根本不认识那个投资商，我既没有贷款，也没给人担保，拿什么交易？你们内部的问题，内部解决，我们纯粹是同学关系。"

他反问道："纯粹？一点杂质也没有吗？"

"我觉得你们调查方向发生了偏差，你应该去找那个投资人，而不是我们这些同学。"

"我们只想了解唐人街的一些情况。"

我释然了："我没参与，这个计划跟我一点关系也没有。"

曹梦龙十指交叉，身体施以前压的力量，探近一些说："你们也不相信田志科，对不对？虽然他很早以前就设想了唐人街，但是你们没有一个相信他，这起码说明，他不值得你们信任。那么，以此推断，他跟投资商的交……交往，你们说，值得我相信吗？"

我说："按你的说法，人就不该有什么理想。理想就是反动，就是大逆不道。平庸就好，麻木就好，千人一面、万人一调更好。不是吗？信任，是一种方式，你把它归为对人品行的判断，我觉得不妥。"

"你倒是提醒了我，田志科上学时，在你们班上，是不是那种狂妄自大、不可一世的人？"

"他很谦虚，除了练健美，很少说话。"

"说话不代表什么，正如衣服不能代表一个人一样。他的内心里，一定有更强大的东西。"

"信念。"我说，"不屈服于现实压力的信念。"

曹梦龙揶揄一笑："那好，我们换个方式，假设一下，田志科不忍欺骗你们，因此选择了一个外地商人，可这个外地人也不忍欺骗他的朋友，他选了本地的五个人做担保。他再傻，也不会傻到拿肉包子打狗。不过奇怪的是，出了这么大的事，田志科一点都不惊慌。行里让他去催收，他有抵触情绪，他坚信投资商一定会回来履行合同，我们等着就是了。看看，等着。等着别人发慈悲？可能吗？一个正经八百的金融系毕业生居然说出这种话！匪夷所思。其中必然有隐情，有内幕。否则，我这辈子算白混了。"

说到隐情，我心里一震，急于撇清麻烦："唐人街，除了罗裳，我们都没有参与。"

曹梦龙舒了口气，松开十指，自语地："罗裳？听说，他们快结婚了？"

为什么没有项羽呢

"可能吧。我也不清楚。"

给我三个脑袋,我也不会想到"七巧灯"的舞台设在一栋二层平房的房顶上。当然,我、何念和于虎,加在一块也是三只脑袋,可我们只关心平行视线里的东西。一穿过道北货场坑坑洼洼、破损不堪的混凝土地下道,我们的六只眼睛就开始一刻不停地搜寻门头和广告牌,有"唐二烧烤店""唐朝超市""唐家面点"。何念不耐烦地指着前面说:"不在这条街上。"我和于虎只好愤愤不平地紧随他。他老这样,明明知道,却老爱出谜面让我们去猜。

走到卧着一对石狮子的窄巷头,何念锁好电瓶车,扫了几眼四周,旁边是农商行,门前一片水泥地,马路对面是草坪,倚着层层叠叠的住家户,典型的苏北平房,贫富一见而知。不过这块场地不错,足够容纳一次小型的纳凉晚会。太阳是秋后的那种热烈,不那么张扬了,仍扫得我们一身汗,于虎指着远远的屋脊深处,感慨一声:"老煤场就在那边,早倒掉了。"

于虎这么说,表明他已具备回忆时代的资格了。

何念顺着于虎所指的方向眯眼细细地看,以一种细腻惆怅的声音说:"我记得那儿有个油罐厂,周围是稻田,一望无际啊。"

这个地方很是奇怪,陈旧、寥落,却让人思绪万千,回忆不止。或许是我们不怎么常来的原因吧。在石狮子背后,白墙上嵌着四方方一块水泥牌,雕琢一行红漆字:唐人街2012。可我们往返一趟,没见到唐人街的店铺。何念拨了罗裳电话,等待片刻,一个穿绿萝长裙、玫瑰色束腰单衫的女子站在头排的石阶上,拿剪刀的手扬着打招呼。门两边砌着小花池，细微的蓝蕊喇叭花缠绕着冬青树，花色清澈，和婉可人。

于虎捅一下我的腰，声音可不小："何念这老东西，什么都瞒着我们。"

何念一扭头，委屈地一苶脸："万一她不在呢。你们又怪我了。这年头，好人不好当。"

我心里说，你就放屁吧，不好当，你一头快扎到人胸口上了，还要跟人握手，居心不良！于虎提声一倍说："何念，你晚上不请客，你不是人。"何念笑眯眯地："那还用说么，还用吻（问）嘛，晚上全套，吃喝唱洗。"

这小子，一见美女，大方得亢奋了。

一楼房东住，二楼存放道具、音响和灯具，有一间稍大的屋子用来排练。演出都在晚上，房顶打上灯光，架上四只音箱，音乐一放，纳凉的人都跑到房顶，等着开演。何念问为什么不在地上演。罗裳说七巧灯是主要道具，距离远好看。何念笑笑说，距离产生美。奶奶的，他又来了。我把他拽到一边，罗裳带领我们参观房顶舞台。实在说，没什么好参观的，要说特点，就是护栏高，于虎个头矮，我看快抵到脖子了。呀，层层叠叠的屋顶，错错落落，那晚上一开演，整个货场岂不成了一个大舞台？

罗裳一直手握着那把红剪刀。原来，闲暇时她开始学剪纸，主要是小动物，兔子、狗、小猪什么的，人物她刚刚试着剪。罗裳脸色绯红地说："不好学，没剪好……"

接着，罗裳说了令我们压力陡增的一件事："志科想要开个剪

为什么没有项羽呢

纸馆。"

我压着情绪,淡淡地问接下来田志科还要做什么。罗裳立刻将目光调到窗外斑驳的木槿树上,她的脖颈很白,像新鲜的白藕,秀发淡淡地偎依着肩头,抿了抿嘴,咬着唇,忽然扭头,不太确定似的,摇摇头说:"不管怎么样,总有是一些开销的……"

何念像一直潜在水下,终于露头,憋坏了似的吸着氧气说:"开销我们出。"

罗裳立刻露出欣喜的神情:"真的?"

何念这一句我们听得一清二楚:"当然是真的。我说话从来算数。"

何念就是个浪漫版的"白眼狼"。事先我们商量过,先摸清唐人街的具体情况,然后想办法让田志科放弃这个"自损八千"的唐人街计划。这才是我们此行的真正目的。田志科已经被停职了,接下来要除名。如果再坚持下去,我看不止除名这么简单。一旦如此,田志科什么都没有了。我们得救他。不说尽什么义务了,单凭这十几年的交情,我们也不能撒手不管。何念好了,不知道脑子被哪头驴踢过了,还是另有盘算,连一点反悔或犹豫都没有,一口应承罗裳的开销,这不是反着干嘛。他双目炯炯,眉心紧蹙,迫切而认真,好像不花点冤枉钱就要死一样。我看他真要找死了。

路上,面对我和于虎的无情质问,何念的解释却令我们吃惊不小:一个如花似玉的女子(肉麻),先不论学历,居然利用宝贵时间,心甘情愿学习枯燥乏味的民间剪纸,仅仅抱怨一点必需的开销,这说明了什么?

于虎有些摸不着头脑："说明什么？她热爱民间艺术？"

"据我所知，剪纸是个细活儿，心细手细，更要心静，熟练的一般都是老婆婆，她们热爱生命，热爱纯粹的生活，不因外力诱惑而心动。这说明，罗裳首先是个孝顺女，她定力很强，一旦决定的事决不反悔。再有，她心细，是个好老婆……我就纳闷了，田志科是不是懂什么迷幻术，罗裳怎么就看上他了？我怎么没遇到呢？"

我说："别岔题，聊正经的。"

"她既然决定了，我看，我们再说反对意见，她一定不会接受，所以我改变了主意。"

"那这样的话，田志科那边呢？"

"除非田志科主动放弃，跟罗裳说没有用。不信，你们晚上瞧。"

不用到晚上瞧，我们都知道结果了。田志科坚持似铁，不会轻易改变的。一晚上，我们决定只聊两个字：结婚。既然只有处子之身才可以在唐人街开店，那么事情就变得简单了：开闸泄洪。我们都很兴奋，何念发过誓，决不倒戈。他不住地叹气："唉，可惜了。"搞不清他是可惜自己呢，还是罗裳，或者兼而有之。

与何念相比，我和于虎都觉得是在唆使田志科犯罪，他以后会恨我们的，不过转而一想，难道不是拯救么？拯救自己的同时，也拯救了美丽的罗裳。谈了一年多，总归有个落脚点、有个说法，没说法，怎么谈婚论嫁呀。而性就是落脚点，或者说支点，有了它，就能撬动田志科的生活，而为了生活，田志科只能中止难以为继的唐人街计划。不过，我们当时忽略了一点，性同样撬动了罗裳的生

为什么没有项羽呢

活,令一切变得遥远,犹如添加了染色剂,面目全非。

我们坚持在田志科的单人宿舍吃饭。宿舍楼藏在一条小巷里,外墙涂着标志年代的黄涂料,两层分住,二楼共用一个楼梯,拐角处摆放着弃之不用、扔之可惜的一些旧家具,用铁丝扎缚在栏杆上。楼下扯起丝瓜藤,枝蔓攀缘而上,显得坚决、有来头。田志科提前赶回来,将贫瘠收拢、扫尽,不致让人觉得寒酸。何念在巷外的"时尚饭庄"订了六样丰盛的菜,罗裳来的时候顺路捎来。我们的计划是,将田志科和罗裳灌醉,外门上锁,然后逃之夭夭。

我打量着窗棂间锈迹斑斑的钢筋,想象着田志科好事做成的快乐,隐隐的又有点忧伤。锈是钢筋衰老的标志,也是一段姻缘的见证,有意为之也好,中了埋伏也罢,反正钢筋用在了刀刃上,我们不后悔,它后悔也难。

事实证明我们的计划漏洞百出。罗裳已经默许了,田志科摁住于虎的手说:"她不能喝酒。"罗裳对田志科的"保护"投以微笑,她含着笑,似乎很乐意看到男人因为某件小事争论不休,谈条件、讲渊源。我深知,这么多年过去了,田志科依然跟我们不同路。即便如此,他总该晓得"殊途同归"的道理吧。何念一把夺过酒瓶说:"我们几个聚一块不容易,就像过年,以后罗裳就是我们圈内人,庆祝一下,怎么不喝酒?"我们一旁帮衬。我威胁志科说:"你不许她喝,我们就讲你以前的糗事。"田志科说:"自古以来,哪有男士派女士喝酒之说。"他的意思是,女人做什么,必须出于自愿,否则大逆不道。我说:"自古以来,哪有不许女子喝酒一说?"何念更不上他的道,插嘴道:"要不,我把雪莉喊来?"

一时尴尬。田志科最终投降，于虎倒酒，罗裳不再笑，却遮住酒瓶说："不把雪莉姐喊来，我不喝。"何念佯装打电话盛情邀请，罗裳才不情愿地把手挪开说："其实雪莉姐是喜欢田志科的，对吗？"我们不好应对，只好沉默下来。田志科道："奇妙，这个世界上居然有人这么说。"罗裳一笑："人有时候，其实……挺，挺那个的，是吧？"我没明白，她说的"那个"，意指贱呢，缘分呢，坚持呢，不好说。我望着罗裳姣好的脸庞，心里居然隐隐作痛。后来，罗裳表现得忧伤起来，这和她给我们的第一印象完全不同，我们好像祈求她的谅解一样，感受着一滴一滴渐渐浓密的伤感。在共有的气氛中，谁都不愿单独和她交谈，可我们心底都盼望能单独在一起，分担那稠密中的一部分。于是，我们都把目光投向田志科，让他此时充当代表，担起罗裳的全部，再由我们分担一些。

田志科羞涩地举杯，撞向面露寒意的罗裳说："哪有这样的事？没有……这样的事情没有的……"我感到他这么说是回避，大家都感觉到了。但是我们刚刚没有谁出头否认这事，一致的表现就等于承认。毕竟，没有人知道罗裳和他之间发生了什么，我们的沉默也可以看作是一种试探性的证实，证实我们的计划需不需要强制性的实施。接着我们互相敬酒，气氛热闹起来，一阵子过去，罗裳问："志科，雪莉姐怎么还没来呢？"他和何念对视一眼，我知道雪莉不来了，随便扯个理由，何念说对对，女人一结婚，事多，有了孩子，事更多。

何念的态度表明，无论以前有过什么，那都是过去式了。

田志科却说："她有天大的事，也该来的。"

为什么没有项羽呢

罗裳扭头望着田志科："我破例了，雪莉姐没来，我喝了酒。"

这时于虎插上一句关键话："你们结婚的时候，天大的事她也该来，今晚就免了吧。"

罗裳终于笑了。她的笑给人一种打磨过的迹象，装饰——或者说掩饰着什么，我们不愿深究，也无权深究，我们是帮手，具体地说是幕手、推手，让事态进展顺利，达到预期目标。于是，我们统一节奏，加快速度，田志科很快撑不住，连连摆手，我们兵分两路，于虎攻田志科，我和何念攻罗裳。我们大谈剪纸艺术，本以为罗裳三杯两盏便败阵，我们估算错了，败的是何念。是这样的，罗裳摸出扑克牌，让何念猜黑白，何念输，剪刀石头布，何念又输，老虎杠子鸡，何念再输。何念屡败屡战，屡战又屡败，终于醉了，一头撞在卫生间门板上，倒地不起。幸亏是门，不是马桶。田志科仍然头脑清醒，他告诉于虎，唐人街不能罢手，罢手就等于承认他是"贷托"。听到这个消息，我信心倍增，暗示于虎准备好锁，继续举杯，迎战罗裳。

罗裳说："我其实不是这样的，我其实不能喝酒。"我说："都已经这样了，像何念这样的，塞进酒缸都踹不醉的被你灌成这样，还说不能喝？"我放开胆，赤膊上阵，高呼狂语。田志科吹着冷风说："高楼万丈，我独倚枯枝。什么玩意呀，又不是独上青楼。"罗裳对我委婉一笑说："你们会瞧不起我的。"我说："谁没有七情六欲？谁愿意生死离别？那些伦理纲常，束人不束己，骗人的，没有谁瞧不起谁一说。"后来我想，我说的那些随心话，罗裳是不是当真了。

罗裳没有让我失望,白酒,她一碗我一碗,一碗二两,两碗之后,我感觉不行了,去卫生间,于虎先把门拉开,盯着我朝里走,我说你有病呀,没见过亮剑?何念呢?于虎告诉我何念在床上。我手颤脚抖,胃里反胀。于虎笑笑,不行了吧?不行我上。我扶着墙,坚持说,再等一等,罗裳是豪酒啊。我返座,见罗裳神态自若,醉了吧唧地问:"奇怪,你怎么不尿尿呢?"

罗裳一点也不生气,笑吟吟地看着我说:"我不尿,你们会偷看的。"天哪,我就觉得心里咯噔一下。通过此番聚会,我认定两点:一、罗裳这么高的酒量,不简单;二、罗裳能这么喝酒,不设防,心思简单。假如我们行事龌龊,罗裳将来会把我们当朋友待么?事已至此,趁罗裳不在桌,我悄悄告诉于虎,计划取消。

于虎纳闷:"你觉得何念碍事,我送他回家。"

我应:"强扭的瓜不甜,再议。"

收拾完毕,我头晕目眩,耳鸣似锣,扶着室外的铁锈栏杆,夜观天象似的,鹅颈一般引长,制止一股股蹿上来的酒精,终于抵消不住,哇哇喷到茂盛的丝瓜藤上。痛苦而窒息的呕吐令我泪眼涟涟,辨不清黑白。吐毕,舒服一点,不明白这一切究竟为了什么,彻底的懊悔感袭来,本以为端来一盆温水,捋起袜子一试,都要结冰了。

于虎抵近身体,低声问:"你觉得,罗裳是处女吗?"

我转过身,双臂反伸,凝视着正为我们泡茶的罗裳,俯身时,她的乳房显露得并不明显,于是移开目光,告诉于虎:"此事只和唐人街有关,与我们无关。"

为什么没有项羽呢

于虎狡黠一笑："喂，你不想再找一个？"

我眉头一拧，猜到于虎的几分痴想，但我承认，我心里一动，不是扔一块石子那样荡起几圈涟漪，而是从深井里旋起的一股浪，呼呼哗哗，卷着，腾起来，溅得四壁是水。

"瞎说什么？"可是，我分明感觉到自己语气的慌张、手脚的不安及双目的躲闪。

"我看啊，她不喜欢田志科，对你倒是有几分意思。"于虎说。

那晚我最后一个走。我故意将包落在沙发上，和于虎分左右搀着一向狂妄自大的何念下楼时，那心里可不是一般的快意。下楼时，何念的两腿好像残了，伸不直，我和于虎只好架起他，脚掌摸着楼梯，小心翼翼地一个台阶一个台阶下。何念嘴里呻吟不止，到了楼底，借着嵌壁的路灯，他的两眼像吃过死小孩一样，白炽炽地逼着我俩："301，是301。"

接着，不知何故，何念扑哧笑了："我说过啦……你们找不着……3、301。"

"打车。"我说，"于虎，死，你也得把何念塞进'金色家园'301。"然后佯装摸身，一惊："哎呦，我包忘拿了。"于虎也扑哧一笑："你小子，真喝多啦？"

我说："到了301，你打电话上楼，他老婆肯定不下楼，我告诉你个办法，你就让何念哭，使劲哭，就像家里死人那样哭，他老婆不但不生气，反而会请你进屋喝茶。"

于虎大睁眼睛，好像前方蹲着一只吊睛大白虎："真的？"

这就是我的快意所在。我损吧。事后证实，何念在自家楼梯口躺了一夜。于虎说我打过电话，他老婆说，就放门口吧，好像那是一麻袋土豆。第二天我问何念怎么样，他说挺好啊，鸡叫时他醒了，自己开的门，又趴了一觉。接着嘿嘿地干笑，不知什么意思。我心底慌乱，罗裳的短信问我，早饭吃了么？我回复一个流汗的表情，问志科的情况。罗裳一直没回。

我说，虽然亲如兄弟，用一个饭盒，互换衣服穿，甚至一台电脑，一块登山，月黑风高的，窝在山洞里彼此取暖，但我们也常闹别扭，那晚上何念就生气了，怪我们把他晾在门外一夜不管。罗裳含蓄地告诉我，闹别扭和工作，不是一码事，田志科心里有数。我明白了，闹分手，并不影响他们在工作上的默契。于是我问她接下来打算做什么。罗裳突然兴奋得一拍巴掌，合十，嘴唇贴着拇指，思索三秒说："我想在世纪广场搞几场演出，表演七巧灯、弹簧舞、街舞、柳琴、剪纸和书法……嗯，总之，是唐人街将来都有的。"

我说："好事呀，说不定有人看中了，给你们出赞助……志科的意思呢？"

她沮丧起来："没定呢，场地不收钱，可是音响，灯光和舞台，都要花钱的……"

我觉得是个好事，请冯梦龙来，借此宣传一下，让田志科撇清干系。我们四个，有钱的捧钱场，没钱的捧人场，贴广告、游说领导、卖票、拉赞助等，大学时常干，都熟。不过，一着手做，才知阻力重重。公益演出没有说服力，文体局说现在都承包了，哪有免费一说。体育场也一样。小区内归物业公司，小区外归城管。何念找他的

为什么没有项羽呢

姑父说情，世纪广场才勉强答应。接下来是舞台布置，谈了一上午，租金五百一天。田志科负责演员，我负责广告，于虎和何念负责通联，罗裳嘛，当然是排练了。这样准备了半个月，终于可以开演了。

演出时段为一周，从周五到下周五。头一天我事忙，罗裳的短信直催，天黑时我才赶过去。远远就听到亢奋的 DJ 舞曲，砰砰震彻地面，天排灯的光柱交错划过夜空，人群络绎不绝，东西二门摆满了小夜摊，卖玩具、旧书、服装、家饰、花卉的一字排开，人头攒动，麦克风里一个女声不停地尖叫鼓劲，在清冷的风里很煽情。那不是罗裳的声音。即便和田志科声嘶力竭争吵时，发出的也不是这种声音。奇怪，我总是一遍遍假设争吵的对象是我，在我们一起揣摩主持人串词和节目单时，说实话，我只是在故意拖延时间。田志科倒希望我晚一点走，他说罗裳很赞同我的意见。罗裳的嘴唇总是那么湿润，泛着一种浅浅的柔光，她的声音很轻，可传到我心里就像超声波，摇晃、坍塌，片瓦不留。试听过伴奏碟，田志科让我拿主意，虽然我是支离破碎的外行，但我告诉他，音乐就是让人崩溃的。

"崩溃？真是个奇妙的词。"田志科说。

我都不敢看他。他一直认为这是疲顿困乏所致，劝我注意休息，不要有压力，无论成和败，都不需要我来负担。他的话让我更难过，他的体力好像回到了大学时代，热情高昂，激情澎湃，而我像个幸福的老人，我知道当爱情来的时候，你身上一点力气都没有，只剩皮骨支撑。我坚持走到观礼台一侧，想象着罗裳办公室里那两只柔韧饱满的红绢丝沙发。台上，绾起长发的罗裳穿着一件欧款亮蓝色晚礼裙，优雅，青春的华贵，接受着比一亿瓦灯泡更炽热的注视,一字一顿地描述"扬琴戏"的历史。戏名"哭坟腔",夫君早亡,妻子追思。在悠长的唱腔末尾是"拉魂腔",淅淅沥沥,犀犀利利,从一个尾音吊上去,一直往上吊,不转,只是顿一顿,再往上吊,直把你的离魂吊到天上。我感觉就像一种深深的吸吻,不是用舌头,而是用身体的全力。你就像被巨大的吸盘触手吸附着,有一种玉石俱焚的崩溃感。

我绕到台后,用热切的目光阻止罗裳奔上来的冲动。姑娘冷却得很快,若无其事地介绍她身边的一位支持者:袁进步,铝业老板,开发区有两家工厂。罗裳含了半粒喉宝,为下一个节目做准备。桌上摆满了娇艳欲滴的花束,让人相信,青春和鲜花做伴,如果和柴米油盐做伴,那就太不值了。弥漫着冷峻的夜色中,数片广告旗在秋风中哗哗作响,我瞥着罗裳亭亭的身影,接过袁老板的一支"苏烟",凝神静思。

我想,这是唐人街的第一次公众演出,也许是最后一次吧。

我这么想的时候,看到田志科站在台布外的一块石头上接电话,他个头小,拼命抬脚跟,身体向上牵引,以获得天空里那点稀薄的无线信号。手机老,信号不佳,可几乎是他身上唯一的"现代"了。罗裳用的是"iPad MiNi",珍珠白,在电子阅读。我解释说,美国人的发明,全称是"移动网络阅读器"。和唐人街里的节目相比,有点可笑吧。田志科发出轻薄的讥笑:"有正经书不看,弄这么个洋玩意,既不能记,又不能画,摆谱。"他的话证实了,这东西不是他送的,也不会是何念,矜持的罗裳告诉我们,她自己买的。我猜测,她呼出的空气里都含着欺骗因子。兴许就因为这些

为什么没有项羽呢

因子,她才和田志科闹分手吧。

几天里,田志科痴呆发困,乐此不疲地打哈欠,随时一副刚刚醒来的模样。他曾取笑自己说,唐人街开个羊肉馆就好了,热乎乎的,一身的汗,舒服。我知道没人再给予他这种感觉了,心生悲凉。演出结束,我们聚餐,罗裳借故推托。于虎说:"这丫头是不是在耍我们?"何念比较理性:"是好是坏,走完一遭再说。"我沉默,听凭他们议论。田志科喝起了干冽的白酒,被酒精烧得捂住胸口,疼呢。一个人困顿失意,总不禁怀恋心疼他的人。所以后来的三天里,车雪莉都来陪我们。不是我们仨,是田志科。她在夜摊上买了一副细棉手套,俩人很少说话,我不知道他们因为回忆不说话呢,还是因为美丽的惆怅。眼看演出快结束了,渴望的"了断"来临,我们像大学时代那样,怀着散伙饭的小小恶意,彼此取笑,以此抵消不满和劳累。何念仰天长叹,俯头,俯到地平线了,发出病痛的低吟,摇头晃脑地赋道:

"志科,你运气好,但没把握住。我呢,把握住了,可没你运气好……"

讨厌的何念,他一喝酒便抱怨自己的婚姻,好像婚姻欠了他一辈子的酒钱。我感觉,雪莉成熟多了,她说田志科给自己织了个梦,而她正在给孩子织梦。如果没有这个梦,她都不知道为什么要活着。有一天,她的孩子长大了,再把这个梦传下去。她劝我们不要责怪罗裳,无论她做过什么,她也是为了自己的梦。我心里想的却是,罗裳是我的梦吗?

车雪莉假设说:"如果没有这个唐人街,我们现在有什么理由在一起？志科，我说的对不对？"

田志科像一棵落寞的松树，摇摇晃晃地说："雪莉，你说的太奇妙了。"

接下来的一幕又令我们猝不及防，田志科喝下两杯酒，一把揽过车雪莉，吻她！车雪莉强硬地推开他，呼地站起来："志科，你做什么呀？"这一嚷，田志科抽搭着脸，欲哭。我看到车雪莉在抹眼泪，一边抹，一边起伏身子，不忍就这么走。但吻了，光天化日地吻，她这么一坐下，就等于接受了罪恶。最终，她在我们的围劝下，坐了下来，拿面巾纸擦拭着，擦完了，拿痴痴的眼神看。田志科耷拉着头，喃喃着，像法师念咒。车雪莉移开目光，怜怜地一瞟说："他喝多了……你们不许乱说。"于虎突然弹射般一跳："我什么也没看到！"我们都笑了。车雪莉渐渐平息激烈的情绪，看看时间，要走。田志科却紧紧拽住她的手腕说："我太难过了，你别走……"车雪莉的脸，刹那间变得冰冷，不是冰，是冰山，压得我们喘不过气来。起初，她以柔和的、姐姐般的语气说："我先走了，你可别乱说啊。"这是提醒，是劝，是爱怜，或是某种特殊的请求。田志科似乎没听到，支支吾吾地，车雪莉轻轻挨近他，重复了一遍。田志科仍没听，不停地吟诵着："我难过，我难过……"这一下，就刺得深了，滴血了，车雪莉像抖抖身上的雪，松开手，望着我们："他难过，他自找的，你们不要同情他。"我们面面相觑，车雪莉激动了，愤怒地抖完身上的雪片，望着仿佛仍然雪落不止的天空说："我不是心理医生，也不是爱情保姆，这么多年，我做得足够了，足够了！这个世界上没有人会比我做得更多！没有！永远没

为什么没有项羽呢

有！我只是想证明，我没有利用你！我从来没有肮脏过！"

车雪莉像个母狮子在吼叫，让人看到一支转动的圆珠笔穿过心脏，鲜血如注。何念和于虎追到门外，我坐在椅子上，感觉鲜血淋漓的畅快撕扯，一个声音在问："看到了吧，这就是你想要的结果？"另一个声音说："早就告诉过你，欲望就是你最大的敌人，你不听。"残局，一桌残局。最高明的画师，也无法复原了。

我们又猜错了，唐人街继续演出。铝厂、重型机械厂、光伏科技、化肥厂，等等。实在地说，将来我们一定要感激罗裳，因为，我们持有三分之一的股份。三分之一，我们都趟过了人生的三分之一，同样是三分之一，意义是不同的，就像不同品牌的白酒，抑或不同的偶遇。在我们迎接第二个三分之一的某一天傍晚，久违的罗裳盛情相约，我们又见面了。

田志科不在，也不会来了。车雪莉心情沉重，告诉我们田志科出家了。

三分之一成了和尚。你让我猜，我永远猜不到田志科的谜底。至于，他是因为看破红尘，还是强身健体，就不得而知了。

罗裳注册了唐人街，打算在家乡开一家最大规模的幼儿园，取名唐人街。

"这是一块净土，在喧嚣的都市里，它一尘不染，充满了童真。"罗裳说。

我皱了皱眉头，感到一阵顽固的恶心涌上来，就像吞了两枚塑料汤圆加一碗苍蝇水。

"我想请雪莉姐入股,管理,她是我最信任的人。"

"为什么?"我真是好奇了。

"因为田志科。"

阳光真是刺眼,我做出一个闪避的动作,或者看来,像是一种轻蔑。

罗裳浅浅一笑,移了移远在天山、经验丰富的身体:"是她把我介绍给田志科的,我一辈子不忘。"

我自嘲又嘲人地呵呵直笑:"那田志科呢?你为什么不感谢他?"

罗裳咬了咬性感的香唇,一袭淡香搅拌起空气,钻入我的鼻翼:"唉,说实话,他生错了年代,我觉得,他是个古人,像传奇那样,穿越时空,到了这儿。"她环视四周,那神情,好像另一个田志科又穿越来了。

"那个袁进步呢?"我岔开话题。

她沉默,接着摇摇头,她白皙且印着几道纹路的脖子告诉我,兴许袁进步正考虑出家呢。

可忌恨作怪,我追着问:"你们谈过吧?"

"没有,从来没有。"

"真的?我不信。"

"那田志科和雪莉姐谈过么?"

"没有。"

"你相信吗?"

为什么没有项羽呢

修理工

早先，人们的设计欠妥，思考不长远，计划也不周密。不过这也不能责怪他们，谁都是从过去时代走过来的，站在现在，正确的理由千百个，但若置于当时的环境下，我们便不能批评那种浅薄与短见，拿孙百川的话来说——我要是知道后来的事，我傻啊，我那么做。

他永远只会拿现在说事，往过去遥望。永远。他总是一遍遍地后悔。

彩印厂当时缩在一条老街里，门脸很小，门前的路虽说宽，但货车开不进来，装车卸货都得使用一种铁焊的小推车。聚氯乙烯、油墨、稀释剂、乙酸和乙酯等，一人前头拽，一人后边掌着，一辆接着一辆，像蚂蚁搬运过冬的食物。无偿的累活儿老职工是不愿意做的，做的都是寥寥的几个年轻人，围观的人却很多，他们像欢迎领导来视察那样，围成一条不规则的甬道。有时候搬完了，有人觉得没有看够，有瘾似的，孙百川就是其一。他穿着洗得发白的咔叽布工作服，嘴角夹着一根"红杉树"香烟，打过香蜡的头发赛如牛舔，廉价的方框墨镜别在后脑勺上。有一种宠物狗叫"泰迪"——跟他的眼睛极像，乌溜溜地四下里转动。有一回他忽然拉住我，递过来一支烟，寒暄两句说："彩印厂位置不错，就是门脸小了，当初设计的人太小家子气，那时候地又不值钱！建敞亮亮的，多好！省得你们用小推车了。"

我盯着他工作服上几个香烟烧焦的洞眼说："已经这样喽，多费点事吧。"

他表示赞许。我心想，历史上的事，后来人谁说得清楚呢。

"你们厂生意不错吧？进了这么多货……"

我感觉他像根老油条，油了巴叽的，于是摆摆手说："马马虎虎。"

"一月挣多少？"

"八九百吧。"这是老员工拿的数，如果我算上出差补助，凑得差不多。

"那挺好的喽。我开这个修理店，"他指指厂门旁边的一间漆色斑驳的门面，"起早摸黑，除了烟钱，也就落这个数。"他手指捏了一下，是个"七"，同时，很诡异地一笑，露出烟渍的黄牙。他那种笑吧，我说不出是什么感觉，好像我们俩一块去盗墓，他先爬上去了，接着对我一笑，把墓口掩上了。盗来的东西呢，全归了他。我开始警惕，又觉得不值得，他年龄比我大许多，算得上喊叔叔的

为什么没有项羽呢

辈分,问的也是实情,我该警惕的不是他。不过我事后发现,他既不早起也不摸黑,一周关门两三天,其余开张半天,几乎都在喝茶、下象棋,像个已经退休的老人。实际上,他刚过四十,显得老成吧。

没过多久,有一天下午我出差回来,正整理着旅差发票,他悄悄地摸进我的办公室,站在门边,双手抄在身后,朝我动情地微笑着。他仍穿着那身衣服,只是皮鞋换新的了。

"嘿!呵呵,呵呵。"他打招呼,接着又笑。

我才知道,他调到厂里来了,是电工。以前他在丝绸厂工作的时候就当电工,自学过无线电,强电是强项,弱电也懂一点。

"现在这些人哪,不好收钱嘀!"他讲述着修理店关门的原因,"熟人熟事的,怎么好意思收钱呢?人家要请你吃饭嘀!添酒添肉,不是钱吗?生人吧,死讲烂讲,有时候挣个三十五十的,刚够烟钱!我这一天,我自己呀,一包烟一顿午饭,少说也得二十吧。再往少说,十五,不能再低了,这是最低最低的生活标准了。香烟,这红盒的红杉树,八块五一包,批发八块,再低的拿不出手啊。吃饭,我喜欢吃肉,稍微炒一盘肉丝就得六块,一碗米饭一块,正好十五。"他生动地吧唧着嘴,描述着,对自己的讲解扬扬得意。

我问:"你不回家吃午饭啊。"

"你嫂子不会做饭。我爸嫌我没出息,吃一次吵一次,我也懒得去!"

接着说他的老婆,"死懒不动!懒死了,一身的肉!"又妥协了语气,降低半调说,"以前你嫂子,可是个大美人噢,可漂亮哩,又白,又嫩……啧啧。"发出肉香般的赞叹声。

他不光在我面前这么说,其他工友在场,他也这么说,于是有人反嘲他:

"知足吧你!胖?搂着大沙发,你不舒服啊?不舒服你让我们试一试?"

"老孙啊,你多会带咱几个弟兄瞧瞧,让我们见识一下?"

孙百川轻蔑地扫了扫他们说:"你嫂子,大忙人,没时间嘀。"

遇到工友求他修东西,洗衣机不脱水啦,电视机黑屏啦,电闸烧啦,有时候接个线路什么的,头两次他必然到场,赚顿酒喝,后来就推,说事忙,挑挑拣拣的。给车间主任家里修了,却不给工友家修,工友就气愤地骂:"势利眼!溜沟子!就那点破手艺,骚包吧,骚死他!"

过了些天,就看到他跟一个秃顶的中年人在厂门外吵架。

孙百川吵架的样子很特殊:一只手捏住自己油乎乎的头发,另一只手扬到空气里,双脚齐跳,诅咒发誓:"谁撒谎谁不是人!谁撒谎谁不要脸!谁撒谎谁不得好死!谁撒谎谁全家死光光!……"

他像一只跳蚤,为了逃命似的,在厂门口的铁栏门外蹦来跳去,嘴角溅满了唾沫星。

那些工友在场,却鲜有人上前劝架的,脸上都浮着笑意,津津有味地观看着。

末了周百川气急败坏,足足跳得一米来高,落地溅起一撮撮尘土:"谁撒谎谁现在就死!现在就死!出门就给车轧死!"那是一种五脏六腑被撕裂、被肢解的哀号声,夹杂着被痰液阻塞的口齿不

为什么没有项羽呢

清和欲哭无泪的悲愤。

面对令人惊悸的事态,老职工丁建华终于迈出来,将唾沫星乱飞的孙百川按住,劝慰着。其他人都把笑容收起来,横在他和秃顶男人中间,生怕他们动手打起来。实际上孙百川从一开始手脚就没闲着。

我永远记得他那暴力的一跳,落地前他的一只新皮鞋被强大的抛力甩得远远的,失去了鞋的掩护,灰袜子上的三个洞眼清晰得如同鲢鱼嘴,孙百川的大脚趾和二脚趾也突露出来,白森森的,泛着英雄必死的寒气。接着他又愤怒一跳,落地后扭曲着脸,痛楚地皱眉头,抬起那只失鞋的脚掌,抠出几粒小石子。

是一个六七岁的小女孩捡起了皮鞋,走到人群里,茫然等着失主来领。

孙百川傲然地一挥手,叫嚷着:"×的,不要啦!"

小女孩惊恐地指指掩埋在尘土里的牡丹花鞋垫子,意思是,鞋垫子也是他的。

孙百川正欲冲锋,蓦地领悟到什么,转身走到小姑娘面前,拍拍她胆怯的小脸蛋说:"谢谢,叔叔一会给你买糖吃。"

小姑娘一听,扭头跑走了。

孙百川意犹未尽,穿上鞋,捋起袖口,肥嘟嘟的胳膊拨开众人,朝秃顶男人嚷道:"不就二百块钱嘛!我给得起!别说二百、二千!二万!只要是我欠的,我给!我孙百川不是那种无赖地痞混子!我讲道理!……"

起因是租金。按月付的。秃顶男人是房东。按道理讲,老孙应该给足四百,但他只给了二百,理由是半月未开张,减半。另一个理由更简单,租一年半了,现在关门不干,饶半个月不过分,也算个人情。对方不答应,说房子我租给你了,开不开张是你的事,我按月收,到月给钱。

孙百川就火了:"你租给谁不行?非要租给一个卖花圈的!你咒我死是吧。"他说的是事实,新接手的老头卖寿衣花圈,可原来的老招牌没更换,"电器维修"四个脱漆大字丝毫未动。

房东说:"我只管租房子,别说卖花圈,卖啥我也管不着!"

孙百川怒火更炽,接着就如我们所看到的,像个跳高运动员,一次次温习着完美的腿部弹跳力。

第二天,大约十点来钟,孙百川搬来援兵:二弟孙百山。他们俩在花圈店旁边静候。一刻钟的工夫,房东骑着一辆豁牙露齿、前轮子左扭、后轮子右扭的脚踏车,摇摇晃晃,如一片神经质的落叶飘到了园后。他把车往电线杆上一靠,扯开车把上的链条锁,摁死了,掸掸一身的灰土说:"哟,是孙医生啊。这货场的路,真脏,全他×的是煤灰……"孙百山介绍说:"我大哥。亲的。"房东左眼右眼扫了两遍孙百川,接过香烟,有点不好意思地说:"你早说啊,熟人熟事的……"

早年,这房东老婆的不孕症就是服下孙百山的一剂药方子治好的。

为此,房东坚持中午请客,坚决如铁。不过最后买单的却是孙百川。

孙百川觉得颇有面子,醉意嗡嗡地讲给我们听。一个工友便搓

为什么没有项羽呢

着脸说：

"老孙，你没赚什么呀？费了半天嘴，浪费了两瓶酒，撒了两泡尿，没啦！"

孙百川正色道："庸俗！这叫感情！算啦，跟你说你也不懂，浪费时间……"

"喂，老孙，你怎么不学医啊？"孙百川一弟一妹，妹妹孙百荷是中医院妇产科的护士长。可以说，老孙一家除了孙百川，工作都和女人的生育有关系。

"谁说我不学？"话音未了，他开始背诵《黄帝内经》："春三月，此谓发陈，天地俱生，万物以荣，夜卧早起，广步于庭——"

"那你怎么不当医生啊？"

"医生有什么好啊……"他抿了两口热茶，疲乏地伸伸腰肢说，"我父亲原来打算培养我的，我不愿干才轮到老二，我要是干了，比他现在强多了！不吃烟不喝酒，见面就问人家什么时候来的月经，接着问人家什么时候房事……唉，房事，房里能有什么事呀，就那点破事，掰来弄去的，不嫌累嘛！"

大伙儿哈哈哈笑。这种时候，我们都觉得老孙虽有点赖气、油滑，可又透着一股看破红尘般的天真、有趣。像电影和小说里那种无比浪漫、无比神圣的爱情，在他的眼里还不如蹲在小摊上琢磨一局三十块的中国象棋，既刺激，又有收益。不过，当爱情真正来临的时候，他可不是这样的。

那时候彩印厂已经搬到了新城的道北货场对面。老孙家住城南,往返十余公里,每天骑一辆二手嘉陵100,后座上捆着一只工具箱,塞满了万用表、螺丝刀、焊枪、钻头什么的,箱子上又捆着一杆电钻,有时候是切割机和三脚架。有一回我看到他捆着两只活蹦乱跳的小公鸡,他什么都往后座上捆,用那种弹性十足的捆绳,十分牢靠。嘉陵摩托烧混合油,后屁股突突直冒白烟,他不戴头盔,手上仅一副寻常的白手套,五毛钱一副,戴得几乎成了黑手套。这种车加速减速得挂挡,好端端的一双皮鞋就给磨透了,没法子补洞,只好另换新的——只在厂里上班时穿,路上穿帆布球鞋。这种鞋很耐磨,许多年了,当老孙的女儿上大三回来时,我看到他仍在穿——鞋面好生生的,连一个破损的洞眼都没有。

过了铁路涵洞,道北的路况很不好,到处是破损的泥坑,老孙像熟悉了山地作战的侦察兵一样,迂回、穿插。而天空里弥漫着煤粉、灰土和化工厂废气混合成的工业云团,自卸车、混凝土搅拌车、斯太尔货车呼啸而过,把整个地面搅得如同一锅黄豆面稀粥,天与地混为一体,让我们无处藏身。

进厂后,老孙一边洗脸一边痛骂,以前乡间的沙土路也没这么脏过。其实,我们蹬自行车,遭遇更惨。接下来,他像一只实验台上的青蛙,深倚在排椅里,四肢叉开,鼓起肚皮,嘴里叼着香烟,脸对着房顶开始发牢骚。油钱都得自己掏,就连厂长,表面上也是自己掏的。顺便说一句,当时我也有离职的打算。就这点来说,老孙和我的想法一致。

抽完了烟,他却把嘴巴洞开,脑筋似的再不动弹,呆呆地发着傻气。过一阵子,直起腰,揉着钻入沙粒子的眼睛说:"人,净让

为什么没有项羽呢

这个破屋顶给圈死了！就像在水管下边等水喝，水呢，一滴一滴往下滴。你等啊等，总算等到了一滴，再等，又等到一滴，你渴啊，不够喝的，它可不管你，过半天，又滴一滴，过半天，再滴一滴，保证你渴不死，但永远也喝不饱……"

接着，老孙便去打理他的坐骑，挨到十点来钟，蹭到岗位上溜达一圈，找点不大不小的活儿干，以便趁机会提早开溜，到外边接他的私活儿。这情况大伙儿心知肚明，有时候嫌他挣了钱不请客，有意开他的玩笑。老孙心肠子和耳根子都软，在外边做完活儿，禁不住劝酒，往往午后回到厂里已是半醉，躺在排椅上，手脚随意摆放，像等待解剖的青蛙，打出的鼾声极具穿透力，震得人头皮发麻，心律不齐。脚又臭，袜子磨得露了底线，几乎光脚板了。有人偷偷把他的裤带解开来，裤子往下扒，露出喜气洋洋的花裤衩；汗馊馊的衫衣再挽上去，露出肥硕耀眼的花肚皮。我们窃窃地笑，就等着李增良主任来了。

头几回，李增良看了看老孙，又看了看我们，摇摇头，一声不吭地走了。

眼见预料中的情况并没有发生，我们不免有些扫兴，继续各忙各的，没人再在恶作剧上浪费时间，至多给他盖一件衣裳，以防受凉。有时候一直睡到太阳西垂，我们来取东西，才见他似乎刚刚爬起来，抹着下颌和脖子上沾着的许多口水，羞愧地直笑。下班了，他也不走，赖在椅子里，脚搭在办公桌上抽烟。我便说：

"老孙！你脚太臭啦！不洗吗？"

"凑合！凑合吧。"

"还有女同事！"我指的是周大姐，比老孙小几岁，对他的臭脚很有意见。

老孙便说："贫下中农，哪一个不臭脚？她是地主小老婆呀，臭美！"

"你老婆不给你洗么？"我指的是洗袜子。

老孙不回答，叹了口气，拖拖拉拉地，弯腰摸寻自己的鞋和手套。有时也见他接到老婆的电话，声音很黏，软绵绵的，折磨生病的人。接完电话，老孙就像被注入一针兴奋剂，跳到水泥地上，扯起电工包就往外跑。他老婆最爱吃城关孟家的五香捆肘，排队买，晚了就卖光了。我们猜测，他老婆之所以在家里吃晚饭，大概因为中午喝多了酒。

老孙对他老婆的朋友从来都是赞赏有加。听他的话音，那是一般工人高不可攀的。他始终相信自己将来能得到他们为他提供的重大机会，发迹，成为令人瞩目的富人。他觉得他们都是他强有力的靠山。有了这等靠山，他在彩印厂的工作显然不那么重要了，说"可有可无"也不算过分。

一天上午，刚上班吧，李增良脸色冷峻地走进办公室，瞄了一眼两脚翘在电话机旁边、正口若悬河的孙百川，让我们先回避一下，他有话要单独讲。

孙百川慵懒地收起两脚说："李主任啊，有什么事，当面直说！俺是痛快人。"

"你不想干了是吧？"听李增良的声音，似乎代表了上边的意思。

为什么没有项羽呢

孙百川略显得惊慌，随即镇定下来，脚收回到地面上，递烟。李增良理都没理："如果不想干，现在就走吧。"

孙百川圆眼一睁："谁说我不想干了？"

"你昨天买的二十个适配器呢？"

"电压不合适，我一会再去找……"

"不用了，我叫小刘买过了。上月厂里拿了十捆铜钱，怎么少了三捆？"

孙百川的"泰迪眼"一睁："我怎么知道？！"

"你经的手。监控里有，要不，你亲自去看看。厂长的意思，要报警。"

半截香烟摔到地上。孙百川立刻委顿下来，低声下气地请求道："李主任，办公室人……人多，咱到隔壁聊……"

"你以为把铜线藏在麻袋里，上面扎上两只小公鸡，就没有人发现啦？掩耳盗铃！"

"我有个朋友家里装修嘛，临时缺电线，我临时借用的！借的！李主任！"

"借条呢？"

"我写，我现在就写。"孙百川抖抖索索地撕开A4纸，翻电工包找笔。圆珠笔缺水，他惊恐地瞅了瞅四周，向周大姐借，周大姐却将桌上的碳素笔丢进自己抽屉里，眼皮都不抬一下。李增良见状，慢慢掏出自己身上的笔，递过去说：

"你见到你老婆就像老鼠见猫，对周芸就不能客气一点呀？"

"是，是。"

这时，李增良突然换了一种语气说："王厂长跟你老婆玩得挺好，要不是看在她的面子上，赵科长真要报警了。不能再有下次了，老孙？"

"是，是。"孙百川写字很慢，横平竖直，间距相等，就像在一块电路板上码三极管和电容。码完了，老孙捧起借条，吹了吹气，好让笔迹干得更快，然后，呈到李主任跟前说："过几天，我请李主任打牌。"

"到时候再说。"李增良的脸上掠过几丝不易察觉的微笑，低头走了出去。

孙百川马上挺起胸脯，将另半张白纸揉成团子，往废纸篓里一扔，对我说："看到没有？有关系就不一样吧！"

周芸却接过话问："老孙啊，你不是打算辞职的吗？这正好啊，关系好的话，就不用还了。三捆铜线，国标的，少说也得值七八百吧。"

"急什么？本钱不够，撵我走我也不走！"他又把两脚搁到桌子上了。

两年后我们相遇，是在一家小酒馆里。我失业了很久，正计划跟我表哥去湖上跑船。表哥很权威地告诉我，水上的日子，说得轻松，过起来难，一般人吃不消的，先在沙船上待俩月试一试吧。他觉得那种苦是精神和物质双重的，不是游山玩水，多数人忍耐不了几天。一天晚上他请客，顺便把我捎了过去。我觉得我不该多说话，听他们说，最后，他们都喝晕了，只有我清醒。他们把我看成

为什么没有项羽呢

一个打工仔，我心里不乐意，但这是实情，我只好接受。谁不是这样呢，在夹缝里求生存。

我总算看明白了，喝酒也是讲身份的，低微的人，谁也不会在乎你。我没有同盟，上厕所也是一个人去。孙百川正在撒尿，屁股前挺，滴滴拉拉地，一点都不容易。一见我，一激动，尿裤子上了，叼的香烟也丢掉，拉住我的胳膊，酒气扑面，亲热地唤我，定要我去喝两盅，好像他的光辉理想已经实现了，非要我见证、分享不可。我呢，为失落之余的这种安慰温暖着，接受了邀请。

对我的突然出现，杜惠芳略为诧异，打量了我两眼，算是十分客气，让座、上餐具、倒茶、斟酒。我也在暗暗观察她。起码，孙百川的话言过其实，即便减去二十年，杜惠芳也称不上"大美人"。孙百川介绍他老婆时总爱用一个词：当年。刚一提，杜惠芳手一挥，说什么当年！都什么时候了，还当年当年的，好汉不提当年勇。她的确像个女汉子，言行都很猛烈，一口就跟我干了一碗！我觉得头顶嗡的一声，跟着四肢发软，他们说什么，我像隔着老远，过了十来分钟我才缓和下来。这时候，杜惠芳捋起袖子，露出肥嘟嘟的胳膊，霸气地指挥起男人们。她的朋友轮流坐过去，需要搂一搂，她才不情愿地呷一口。兴许也喝晕了，她抿着嘴笑时，眼神迷离，身子也柔软起来。

孙百川坐在最末，嗷嗷地鼓掌，显得很大方，和那些男人们同样兴奋。见我平静得近乎冷漠，表情有些异样，便附在我耳边说："这伙人，就跟亲弟兄一样，不要见外。"后又补充说，"你嫂子，一下午赢了两千多！"说毕，冲我得意扬扬地眯了眯眼，做了一个眉毛上挑的黑色动作。他显得挺妖艳的，还有点那个，我觉得。

　　轮到某官员向他敬酒时，孙百川有些为难，只喝下一半。杜惠芳马上拍桌子喊："老孙！你怎么这么没礼貌？算个男人嘛！"孙百川赔着笑道："我酒量有限么……要不，老婆，你帮我带点？""哪有男人让女人带酒的？没出息！"孙百川继续赔笑着："我有出息还要你呀……""什么？刚刚的话再说一遍？"对面马上有人打圆场说："老孙，你不要呀，我要！是不是呀，俺姐，我要！"解了围，但杜惠芳仍然不依："干了，老孙！别叫人看不起！"好像她的话音里也包含我吧，我把小碗递给老孙说："来，老孙，给我来点。"杜惠芳不好意思反对，睃了我一眼。孙百川好像舍不得似的，手哆嗦着，倒了一点，哩哩啦啦，又倒一点，手快要抽风了，抖得厉害。杜惠芳说："看吧，倒酒也没出息。"我说："嫂子，老孙心善，怕我喝多了。"随后，老孙窝在那儿，一个劲地挤眼皮，蔫巴巴的，好像筋骨被取走了。我看差不多了，便告辞到表哥那边去。老孙一直趴在桌子上，从小饭店回家尚有一截长路，看来他不醒，这顿饭是不会散的。

　　看沙船的日子相当苦闷、孤单，因为安静，更觉得与世隔绝。其实不必这样的，可这条岔流河接到上头的命令，禁止开采黄沙，机器便停止了，很多人把机器贩运到了别处，表哥却要死守下来——并非为了证明自己的耐力和远见——而是为获得更多的政府补偿。他在心底已经断了继续干的念头，这个行当，将来必定风险大于收益，坚持干等于是找死。我答应随他派遣，他把我派遣到这里之后，人却在城里逍遥自在，为那些不着边际而又满口承诺的

为什么没有项羽呢

人。我不属于这里，却要为了他守在这里，一直要守下去，我答应过他的，再说我没有别的出路。

他雇佣的前任是一个六十二岁的干瘪老头，貌似枯到空空无我的境界，竟然寻到了更为赚钱的活儿：跑煤船。我们只见过一面，交接工作的时候，我看到他的胳膊还没有铁锹杆子粗，那承载着上百吨，甚至上千吨的水泥船哎，他无所畏惧，自愿去装卸煤沙，说闲着也是闲着。货主竟然敢答应。这个世界真是疯狂得不要命了。

面对这老头，当时，我眼前浮现出表哥那种高深莫测、诡异又多端的轻蔑神情，我大约猜到接下来将要面对什么，可我就为了替自己争一口气。

吸沙船失去了动力，搁置在浅水滩上，和我一样沉默着，日日承受太阳的鞭打。水结了油皮子，泛着一页页蓝光，驳船和锚链上也都起了一层锈皮子。舱内凌乱不堪，饭菜馊了，即使不馊也难以下咽——受到柴油味的侵蚀，我的胃排斥各种食物纤维。削个苹果，喝自带的纯净水，这是基本食谱。到处都是水，却仍然要喝塑封的水，挺可悲的。若再饿，便卷一张密封严实的小麦煎饼，里面撒上些焦干的咸豆子。吃过了，时间多得就像一望无际的湖水，可哪里也去不得，在船上又做不得其他事，觉也睡不着，吸沙机的机械长臂斜伸到太阳里，感觉就像一柄淬火的补天长剑，可惜乌突突的，不见半点寒气。晚上最可怕，静，那种孤独到死的静，铺天盖地，把你压得喘不过气来，星空倒是很美的，可惜看不到我。有时倒能遇到从城里来的夜钓者，跟他们聊一聊，驱除寂寞无比的心灵。他们自带干粮，还有酒菜，一边呷着酒，一边通过电池灯观察鱼浮子的动静。我知道,我想家了。我待不住。表哥的告诫是有道理的。他看透了我。这让我感到很自卑。

孙百川却打电话来,来玩。到这个鬼地方来玩?让我哭笑不得。我最后清楚了,明白了过来,他也和我一样,虽在城里,也是同等的寂寞。让我难过的是,也许他也这么想。他是可怜我啦。这又让我有些感动。人并不喜欢无缘无故被别人可怜,可又不得不接受它。我说:"你不嫌弃,来吧,我这儿没什么菜,要喝酒就带点来。"他说:"放心,我买二斤五香捆肘去。"我一听,心里酸酸的。

他居然骑着一辆破电动车来,来回八十公里啊。他第一句话就问我,有没有电?我赶紧为他扯电线。船上的蓄电池功率高,很耐用的。他摸出随身带的双头螺丝刀,卸下电瓶,拎到舱内。轰!一群苍蝇撞到脸上。他喊了声"妈呀",惊恐地望着我。我掏着耳屎说,这附近没什么人,苍蝇也算客人,不脏。

接近中午了,我们在水边的树荫下铺了几张《扬子晚报》,船上有半捆喝剩下的"银麦"啤酒,他自带了一瓶"洋河"。他以为我是那种风风光光的跑船人,看来让他失望了——眉头紧锁,凝视着苍茫中的水,和掠水的水鸟发呆。我想,说死他下次也不会来了。其实我也不想他再来。

他想借点钱,租老街的一间门店,配货,再揽点修理的活儿,好像我们每个人都在兜圈子,绕着那么点可怜兮兮的营生。他很有把握,做配电柜,活儿是杜惠芳介绍的,起码眼下挺顺利。他再捣鼓老本行,补充点收入。从无到有,从小到大。他女儿学艺术,授课代培的,费用很高。"一个大男人,没钱,在女儿面前都抬不起

为什么没有项羽呢

头啊。"他恶狠狠地咽了口白酒,脸上的皱纹一时被抓在了一块。

我知道老孙很守信用,如果不借,我们的友情也算玩完了。他就这么个人,求人家,如果没有回应,或是达不到目标,他就会反过来憎恶这个人。我委婉地说:"我这个情况,你都看到了,借是能借,但管不了什么用。""三千五千的也行。""我只能借一千。"隔了一会,他说:"开这个口,说实话老弟,我觉得自己真掉价。"我安慰说:"这有什么,谁不遇个难事。"他笑了,跟我聊起杜惠芳。

她反对他租店面。一时的生意,能维持多久呢?说不准。可租房子,一租就是半年啊。老孙开修理店时的情形我是了解的,不仅杜惠芳,我对他也没多少信心。老孙举出几个同行的例子,说如果不是进彩印厂,现在早发财了。他说当时那几个同行的水平连他一半都不如,如今怎么样?买车买房,肥得流油!

他又来了。

正说着,老孙突然制止住我,直勾勾地盯住水边。几条纺锤状的大鱼正沿岸游过来,凸起的黑背不时划破紧固在水面上的油膜,大约手臂那么长。老孙紧张地寻找工具,东张西望,突然看到不远处被人丢弃不用的网套子,连忙去取,朝我低声喊:"看住大鱼呀。"笑话,看得住我还需要他?我只能盯着。大鱼搅动着水花,时时露出白嘴。缺氧了。再看老孙,一眨眼的工夫,竟然脱得赤条条、白光光,然后怀里揣着鱼套子跑过来。一边呼呼喘气整理着,一边猫腰朝水边蹭。猫得很低很低,贴着草丛,胸贴着地面,把网套子夹在腿裆里,悄悄地接近,以免惊动大鱼。网套上拴了几颗白色的浮标，从他的腚沟里露出来。到水边时，他几乎趴在了地上。说实话，他趴的地方不太干净。湖边是没有厕所的。他没有常识吗？

扑通一声，连人带网啊，然后就见他在水里痛苦地挣扎着。我突然想到，这是个喝过沙的废塘子，水很深的。他竟然抓到了一条！踩着水，挣命地喊："螺丝混子！螺丝混子！"网套子风吹日晒的，鱼稍一用力便挣脱了。水面扑隆隆一阵阵晃动。老孙空手叫骂了一会，在水里划了两圈，才不情愿地上岸，擦着身子说：

"这野生的，老街二十五一斤哩！刚刚那条得有十斤。×的！跑了。"

我心想，他不清楚嘛，这种食肉的鱼，长牙的。

"要是逮得了，回家剁成块，拿盐腌，烧瓦罐鱼，我老婆最爱吃啦。"

我指了指报纸中央的五香捆肘，提醒他。他误解了，说你吃你吃，吃不完就浪费了。"要不这样吧，"我说，"两千吧，我最大能力了。"

"不用了，"他摆摆手，也为失去的那条鱼可惜着，"我去问问阿四吧。"

"阿四？"

"水果阿四。别看他卖水果，手里肥着呢。还有老顾，修电动车的。这老东西，我就说让他投资，算他一份，他保管答应！他无儿无女的，守着那么多钱做什么嘛！"

那辆破电动车就是从老顾那买的。要四百的，老孙只答应

为什么没有项羽呢

三百五。电瓶自己充液,他骄傲地说:"怎么样?杠杠的,五十公里挡不住!不过他×的刹车线老化,那天我正骑着,大街上,断啦!撞到一个妇女,唉,赔了人家二百,做什么屁CT,没做完我就跑了,不然得赔四百,两块新电瓶呀!撞一下,没了。唉。"

他挑起白肉片,一片接一片,满嘴的油,问我今后的打算。

我心里清楚,他连条鱼都没弄到,周围都是沙子和荒坡,他真不会再来的,便告诉他,打算回城里,自己做点事情。

我等待着,可他没往具体的事项上问。我能告诉他的,也只是那点遥远的设想而已。也许,人就为一两个遥远的念头活着。人总得往下走的——不是往前或往上,是往下。我当时就觉得,是往下走。往前是能看到的,往下——好像潜水,视觉有限,依靠某个念头支撑着,只能在心底默默地祈祷,看是看不到的。

二叔的原话是:想来就来吧,二叔有分寸。

立秋后,我便开始学字画装裱。这个行当,二叔说,讲究的是分寸。一分一毫,精致、有韵味,拓、量、裁、订,还有对书画的感受,虚实,气韵,都要到位。"还有,"他说,"分寸也是谦让的意思,你让我一分,我让你一寸。不要和别人起口角。但是分还是分,寸还是寸,不能相提并论。"

我懂。我得听他的。我和他不能相提并论。二叔在新城的书画界小有名气,学汉隶,追求那种古朴、大气之风。一横一竖的,直来直去,偶尔来个钩,有时候连钩也没有,直接没了。二叔说,这叫拙。拙是最原始的,但是最真实,不遮不掩,直率、真诚。可能你觉得不好看、丑，不是那种行云流水、飘逸华贵之风，但是，它最接近我们"古人"。学书画，就是从心灵上和古人交流，心对心，面对面。他平常都这么教育我。

他崇拜古人，羡慕古人的生活，下雨天，邀几个朋友到凉亭里，赋诗饮酒，弹琴作画，品茶谈天，优哉游哉。啧啧。品茶声。极品的铁观音。接着幽叹一声，感慨不尽如人意却不得不为之。这些年，他高估了自己，低估了二婶，严重低估。他认为二婶那个4S店支撑不了多久，结果生意红红火火，一转手，二婶竟在上海接连开了三家4S店，二叔却终年窝在小小的文化馆里，因留恋他毕生的那点所得，踌躇不前。二婶责他去上海，他的内退申请却迟迟得不到批复，僵持了大半年，他索性不要了，决心裸身去上海。二婶却说你还是等等吧，后半生的事，听领导的吧，实在不行，做点工作，便办了病退。二婶说你先别过来，我这边有个官司，怕牵扯到你。二叔就等，一等半等不见结果，实在闷极了，加上朋友的撺掇，便开了这家装裱店。二叔说，他去上海后，装裱店就归我了。

是送给我呢，还是让我盘下来呢？他没有明说。

我觉得还是后者好一些，一横一竖，直直白白，是他一贯的风格。可平时，他也是习"二王"的，苏轼的《宝月帖》《获见帖》，米芾的，徐渭的，吴昌硕的，许多，他时常安静地伏桌揣摩，以驱除内心的杂念。既然这样，他所说的"拙"，是对我一种暗示么？当然，二婶在上海那边是清楚这一切的，二叔临别前的几天，清理了一批字画，人情的、欠的、过意不去的，送了一批。末了一直望着墙上尚余的几幅，眼睛湿了，伤感地指了又指说："这个，这

为什么没有项羽呢

个,这两幅,你给我保留着,其余的,笔墨纸砚,所有的,都归你了。税、物业费你自己交,房租还剩半年,还有什么呢……"我看到他在暗暗擦拭软弱的眼泪,"嗯,这套茶具,说是红木的,其实未必,是一个云南老友送我的,东西嘛,不管名不名贵,人不过是临时的寄存者……永远都是这样。我跟他们几家单位交代过了,生意继续,你呢,先求自保,再慢慢来……这间小店,指望它发财是不可能的,但买点吃喝,应付人情,养老婆孩子,应该够了。人不能贪心,你二婶,我烦她,就是因为心贪,一家不够开两家,两家不够开五家,开遍全中国又怎么样?不还得吃煎饼喝白开水么!女人!乱就乱在女人身上!古人有这么乱吗?古人三妻四妾都没这么乱过,你让女人三夫四郎试一试?天下大乱!一定的!"

我说:"二叔,也不一定,武则天那时——"

"小地方怎么啦?不能活吗?小地方的人就不是人吗?就没有七情六欲吗?就应该被嘲弄吗?就应该被扣上贫穷、无能、低贱的臭帽子吗?我根本看不惯她!古人,古人那时都隐居在山里,采菊东篱下——"

"二婶也是为了更好的生活。"

二叔双目一瞪:"什么更好的生活?哪里好啦?我好吗?我舒服吗?我们这把岁数了,什么好?什么坏?富可敌国又怎么样?历史上不是抄家就是暴死,有几个善终的?"

"二婶是勤劳致富,不是你说的那一类。"

二叔叹息着:"以前是,现在——"他摇摇头,"未必了。不过总之,你要好好干。你老婆呢,帮你打个下手,只要冲我来的老顾客，都给点情面。其他的，我也就不多说了，你自己把握好，有什么事电话联系。"

此后的五六年里，我几乎只在中秋和春节里的某一天和二叔见上一面。临行前，我都为他打包好家乡的土特产，用纸箱封好，通知他开车来取。他的那些书画朋友我也慢慢地熟络起来，可以说，在平常时间里，我和二叔是极少见面的，忽然想起了，便拨个电话去，他的朋友就坐在我旁边，和他叙一会旧，羡慕他，和他们一起的时光。

朋友来聚总是件快乐的事，不过有一个人例外：孙百川。

我从始至终没把他当作真正的朋友。我们是同事，这些年曲曲折折，来往频繁一些，场面上，也是当朋友对待的，私下里，我同情他无处安顿自己空闲的身子，便让出一点空间来，好让他从我，或是从其他人那里得到短暂的宽慰。当年，我在荒凉的湖边看沙船时，他是唯一去找过我的人，骑一辆老旧电瓶车，往返近百公里。换作我，即便为了借钱，也不一定有这份心情和耐性啊。

他的情况很糟糕。一身旧衣服，有些从彩印厂一直穿到现在，拉链和纽扣竟然很顺从，洗了那么多遍，褪色相当严重，可被烟头烧穿的洞口仍然没有拆散开。头发乱蓬蓬的，压枕头的部分始终陡峭着不服输，鬓也白了，眼色浑浊，手脏兮兮的，身子往沙发里一摊，基本不愿动弹一下。烟瘾更大了，歇不过五分钟便点烟享受，无力地叹气，发出那种"哎呦哎呦"的呻吟声，令正常人揪心不已。待吸完了烟，他便眯起眼，犹如接受麻醉似的，往身体的重心里下坠，继而放松，整条人便斜斜地铺在沙发上，悠闲地睡去了。

为什么没有项羽呢

袜子、鞋,令人深情难忘的脚臭,以及那种在山峰与谷底间拉锯的大象鼾声。他毫不避讳,即便屋里围满了来取画、订制画框的客人。

有一回,我猛然听到他喊了声"妈啊妈呀",翻身从梦里醒来,瞪着惨白的眼球,一看到屋里那么多的人,立刻涣散下来,揉着大腿,擦拭口水,不作声了。我连忙叫他让到一边,让客人坐。人家都宁愿站着。我只好去坐,告诉他,语重心长地:"老孙啊,我这里是做生意的,不是旅馆,你要睡,最好到里间去睡,要不到门对面,你原来待过的丝绸厂里去睡。你睡一年都没人管你。"

他抹了把脸上的油汗说:"老刘啊,不就是睡个觉嘛!丝绸厂那帮子鸟人,叫我去?我根本不搭理他们!"

我注意到他的小腿上有块紫红印子,狠狠盯了妻子两眼。她不为所动,仍得意扬扬地踩着细高跟鞋,房间里到处是那种"咯噔咯噔"的踩踏声。老孙又捋起另一条裤腿,上面的情形更为严重,数块紫色的瘀斑,他像在揭示别人的伤痕那样总结说:"我和杜惠芳打架了,任她怎么疯,我面不改色。"

"这点痛撑不住,算什么男人?"他又拍着自己的美腿说。

"你嫂子年轻时,真是个大美人,美死了,现在电影里的明星都比不上她!"他郑重其事地戳了戳店门对面的老丝绸厂,实地取证一般,描绘着当年杜惠芳在厂旁边的小广场上学跳舞的情景。"第一眼,我第一眼就被迷住了。"他放大着云雾缭绕的回忆说,"我感觉到自己在发烧,身上直冒虚汗,衬衣都湿透了,每次看过她跳舞,我回家都要把衬衣和衬裤全部脱下来洗一遍,唉,后来,我洗了一辈子，她的，女儿的，嘿嘿，冬天，手指都搓肿了……"他摩挲着粗糙的手掌皮，取过茶几上不知被谁喝过的杯子，将余下的绿茶三两口吞了下去。"有白糖吗？"他忽然问，"太苦了。"我让妻子去找白糖。她眼皮一翻，过一阵子回来，手里提着半袋子白糖，是隔壁广告公司老鲍的。他们做饭吃，不缺糖。

见我们果真取来白糖，老孙兴奋地跑出去，立刻跑进来，双手捧着一只罐头瓶子，瓶底汪着两指厚的茶叶片子。他把整整半袋白糖全部倒了进去，轻轻摇晃瓶子，嘴里嘘嘘着，像哄小孩解小便那样。

妻子惊呼着："人家中午要做饭的！"

老孙斜着眼说："不就半袋白糖嘛，我明天给你买一袋来！"

"我带小蛋去看衣服了。"妻子不理睬他，冷冷地说。我清楚，她在告诫我中午别留老孙在店里吃饭。老孙自然听不明白，却建议我，管管自己的老婆。我终于有些忍不住了，我说："老孙啊，你还是多管好你自己的事吧。"

我这么说是有道理的。杜惠芳为他介绍的生意，没过多久，自然而然就中止了。他总在一遍遍抱怨合作人的不是，从不责备自己。没法继续下去啦，只好另起灶台，终于只能做自己原来那点修理活，他倒是比彩印厂那时候专心，不过东西总也修不好，只好请同行的人帮忙。人家总不能白帮啊，他算了算，挣不了几个钱，反倒耽搁了许多时间，又得罪了人，两头不讨好，所以委屈，怨恨他所接触、所做过的一切。

不过，他倒也能做点小事。做完了，自然不愿走，等喝酒。有

为什么没有项羽呢

一回修好一个充电器，又邀个朋友来一起喝。回到家里，妻子怒斥道："买个新的才三十，你花一百三请客？你有病啊？"此后愈加憎恶老孙。

"他是没地方去才来的，我们帮一点，也不为过！"我有时也劝解，毕竟老孙是冲我来的。

"这叫帮吗？是帮吃还是帮喝了？"

"他女儿快高考了，大学的费用你是清楚的，他老婆又不做家务，也挺可怜的。"

"可怜？"妻子冷笑道，"那谁来可怜我们？"

她的意思我明白，有人来谈装裱，老孙总是令人厌烦地围在旁边，时不时地指指点点，评头论足，像个行家。我看得出来，他似乎以这种方式跟我、跟客户套近乎，同时在他人看来，兴许我们俩关系很不一般，他由此得到某种温度适宜的尊重。然而，他总也说不到点子上，尤其令我不满的是，他评价我二叔的字："横平竖直，枕木落钢筋，小学二年级水平，谁都会写。"有朋友当场献艺，他后脑勺夹着墨镜，嘴里叼着烟，忽然一喊："好！好！有劲！真有劲！"

他这一喊不要紧，人家得重写。写是写，可心劲是散了。

我便说："老孙，你给我出去。"我没说"滚"，算是客气的了。

他连忙捂嘴，可捂着捂着突然又笑，撑不住自己的嘴，跑到门外边笑。我们怒目而视，说他得了笑病，他全不当一回事。过两天又蹭回来，说取包和钥匙，可一坐下就不走了。我不好意思再撵他，拿冷眼对他，他呢，只好尊重我私下里的建议，不再胡来。

天寒地冻的时候，孙百川给我们捎来煤块和野兔子。妻子胃寒体虚，他偷偷抓了些黄芪、决明子和香砂，叫我们炖羊肉。那天，我见他胡子拉碴，脸也没洗，我便倒出半盆热水，他从电工包里摸出一条脏巴巴的毛巾，上面缠着破洞和线头，擦过了脸，用剩下的水洗脚，再用那条毛巾擦脚。几十年的习惯了，他觉得无所谓。什么脸呀腚的，无非一个进一个出。他只是告诉我们，他老婆嫌他脏，分居呢。

那条毛巾就放在店里，擦桌子都嫌脏，又破，碍事，妻子便扔了，老孙一听给扔了，气得跟蛤蟆似的，我让妻子去超市买条新的，他居然说："那是我老婆买的！你怎么能随便扔呢？"我只好去巷子头的垃圾池里找，居然给找到了。我说："老孙，你要再这样，我把这条毛巾裱起来，挂在墙上！"他嘿嘿直笑。

说到装裱，木框、压条和玻璃，老孙对其价格一清二楚，所麻烦的是需要一台拓纸机，无非增添了一点工艺，总体下来成本不过三五十块。我们收三百、四百的不等。有时候办画展，一做就是四五十幅。我知道，他的"啧啧"声里也掩藏着许多痛苦和嫉妒。一幅字画，论成本不过几块钱，墨和宣纸，按老孙的说法，都是"毛毛雨啦"。我说老孙，你不能这么计算，这里头有艺术成分，那若是名家字画，动辄几万、几十万呢。接着，我便拿出画簿，为他讲解我所了解的一些山水画摹本。他神情迷离，似听非听，有一会恍惚着，我问他怎么了，他这才告诉我，他女儿打算报考工艺美术专业，他之所以常来我这儿闲逛，为了"取点经"。听他的语气，好像很失望。不过看起来，他好像对此真的缺乏兴趣。

为什么没有项羽呢

他在考虑写生、素描和名师辅导方面所消耗的庞大费用。"现在,还有什么不是明码标价的?"他说,"我到人厂里,也得看人家给多少,多少合适,不合适我图什么?"他打算去省界附近的一家化工厂上班。不用问,也应是杜惠芳联系的。很远,跟我当年到沙塘的里程差不多。"立了秋,冬天就快了,"他叹口气,瞟着门外的破电瓶车,"这电瓶不行,得换新的。晚上嫌远,我不如在厂里住算了,找厂长聊聊,给他们看个门,加点工资……"似又觉得不妥,让烟燃着,沉默起来。我问:"薪水能拿多少?""四五千吧。"他淡然地弹掉一截烟灰。我觉得这数字水分很大,一般的工人拿不到这个数。我假装相信他所说的,打算临行前为他备一桌酒菜庆贺一下,实际上,我是庆幸终于有机会摆脱他。

冬天里,店里生炉子取暖烤水,煤气味重,门关着,他却在屋里挣命地吸烟。妻子劝他别抽,他笑而不应,过一会指着一位老师问:"我抽,你们不许,他抽,怎么可以呀。"他觉得我们对他不公平。我事后解释:"能说的人我们才说,不能说的人,尤其生人,出于礼貌,不方便说。"不料,他手臂在空气里一切,气恼恼地说:"拉倒吧,他跟你比我熟!他能拉生意,我不能,就这么简单!找什么借口?势利鬼!"说完,扭头抓包就走。

过了好久,他一直没来店里,我们倒有点失落,好像付过了装裱钱,却好久没来取画一样。妻子也说,老孙这个人吧,心眼不坏,就是坏毛病多。过了些天又说,老孙答应给我们买几袋白糖的,你打电话问问。意思是关心一下他的近况。这半年里,他已喝光十几袋白糖了。春节前又说,老孙的白糖呢,你问问呀,你怎么这样呀，没一点人情味。天变暖和了，妻子终于揣到了秘不告人的谜底，说老孙这人不咋的，小肚鸡肠，说两句重话就生气，也不怨他老婆嫌他，没出息！

我这才告知她实情。老孙到新厂上班后，果真嫌路远，便在配电室里住，天极冷，荒郊野外的，他自制一只电炉子，取暖，烧水，喝白糖茶。逍遥了一些日子，忽然瞄准门卫走亲戚的空档，偷了一台变压器，大概还有别的，租一辆机动三轮拉到城里，通知水果阿四接货。接连干了三次，居然风平浪静，不料水果阿四一喝酒，四处乱说，老孙就出事了。听说躲了起来。老孙做的这些事，我不好意思跟妻子说，在她心里，老孙的人品一向不错的，我得为他留着，毕竟是我的朋友嘛。

我告诉妻子的是另一个事实。老孙晚上生电炉子，失火，把配电室烧了，他怕担责任，跑了，躲了起来。他这人小心眼，见了面，千万别提。

妻子悲叹道："老孙啊老孙，他就不能小心一点？配电室烧了？那有没有伤人啊？损失呢？他会不会赔钱啊。老孙本来就没钱，女儿又要上学……"

我说："也就几床被子，破七烂八的，一台变压器，不值什么钱。"

妻子将信将疑。我大声说："真的，变压器真值不了几个钱！"

妻子说："不对吧，上回，我听谁说的？哪个商场不能改户，单立一个，二十几万呢。"

我一愣，真有这么贵？

为什么没有项羽呢

如果真这么贵,那老孙得躲好久噢。

差不多过了半年,有天晚上我们加班到八点来钟,和广告公司的老鲍一块去大排档。大热的天,喝冰啤吃龙虾,小广场上灯火通明,那种用来办丧事的大圆桌子挤得满满当当,有些小伙子更尽兴,把上衣脱光了喝啤酒,姑娘们尖声地喊叫、助兴,还有卖唱和献花的。俗气,但有市场,那就得适应它。我瞄到了那个女人,瞄了半天,终于确定是杜惠芳,肥大的上衣,黑灯笼裤。她身边的女孩真像孙百川,长发飘飘,眼睛发亮,好奇且矜持地打量着周边,一直不怎么说话,有时下巴抬起来,望着街两边隐藏在灯光后面的梧桐树,傲气,且落寞着。一个小伙子走过来,落座,接电话。接着两个中年男人走过来。一个去点菜,另一个放下手提包,走到杜惠芳身后,附在她肩头说着什么。加上后面来的三个男女,热热闹闹围满一桌。喧哗的夜晚里,献花的女孩唱着孤独的情歌,人为龙虾和啤酒无拘无束着,或许随意,或许放纵,释放自由且微弱的能量,填充着夜晚里的凉风和云朵。半盏月亮挂在天上,因为无人注意更显得黯然,有好久躲在云影里不愿出来。等我们喝足了啤酒,杜惠芳那一桌已经空了。我去付账,然后就有人过来,将桌面上的塑料皮一兜,卷住,打个结,扔掉我们吃剩的所有渣子。

所有的桌子都一个结果。一桌又一桌,继续,循环着,整个夏天。

到了秋天,孙百川终于露面了。终于,说明我一直在等待这一天。我在期待,这里有憧憬和喜悦,有让对方分享的元素。实际上我只是好奇而已,好比平原面对高原,但你不能说,我是穷人,好奇一位富家的"天鹅女"(若对方有意则另当别论)。一架失踪一年多的滑翔机完好无损地归来,降落在我的装裱店门口,阴拉拉的秋雨天气,我跟两位朋友正在店内简单吃喝。吱啦,推拉门开了,孙百川胸前拿着那只忠心耿耿的电工包,掸着头发上的雨珠子,像掸着雪,说路过,刚巧。有可能。我断定他没吃呢。他也不瞒我,说刚下汽车,从温州那边赶过来的,长途车。然而,他的面孔并无半点长途颠簸的痕迹。他的电工包盛不下多少东西,你想啊,整整一年多哎,连一条毛巾都未带来。

收理过碗筷餐具,他如石墩子一般陷在沙发里。我看他,他发觉我在看他,却不扭脸,突然一扭脸,挤出那种笑——像死人复活的那种恍如隔世又不堪痛楚的笑。两个朋友顶着雨,各奔东西,屋里只余下我们俩。雨珠子啪啪地摔打着PVC车棚,风知道门前的巷子幽深如井,纵欲般地摇撼着松弛的铁棚瓦——它自己舒服了,弄得我心惊胆战的。我去关电脑,这等于告诉他,雨黑风高,该扯乎了。我知道他不想走。我不想知道原因,只是劝他,该回家了。大老远地回来,值不值嘛。

他不耐烦地说:"聊聊嘛,聊聊再走嘛!反正你老婆在家等着,你急什么?"

"老孙!快十一点了。你不回家啊?"

"你嫂子去省城看女儿了。"

"你不去?"

"她不叫我去。"

为什么没有项羽呢

我不大信，盯他。他被盯得浑身冒刺，露出那种刻意的坏笑，驱赶着空气中无形而又无处不在的尴尬说："闺女一定要买台笔记本，苹果的！她学校里，制图画画，老师学生都兴使苹果，得买啊！老杜说买，叫我买，不买……不买就这样喽，不许我见。"

老杜就是杜惠芳。他有时喊我"老刘"，我也习惯了。

其实我一点都不习惯。我已经预感到他下面要做什么了。

老孙顿低身子，悲戚戚地说："老刘，帮个忙，借我五千。一个月，哪个孙子不还你。"

"要一万多吧，苹果的东西不便宜。"

"我奔老二借过五千了，再凑凑，差不多。"

我突然产生出一种对同类的厌恶感，也隐隐感觉到，虽然老孙说他在南方的私营厂里打工，话语间似乎显得轻松随意，那只是表明他迫切需要别人的认同，他不甘心。除此之外，他就像一只流浪的困兽，流窜过整座森林，并没有采到几颗浆果。我估计，他马上旧病复发，又要后悔了。

有那么几秒钟，他光腚跳到沙塘里捉螺丝混子的情景又浮现了，那种急切感同样令我隐隐作痛。我想，如果没有二叔豁达仁义的帮助，我至今仍在某个黑灯瞎火的地方飘荡着，别说对他人，对自己都羞于启齿。鼓励只会让自己更加难为情，看沙塘时，我每天都在回忆自己的小半生，面对着波光粼粼、如诗如画的秋水长天，我对自己的渺小无助感到一种无穷无尽的戚伤，所幸，有人拉了我一把。我觉得有意义的是，我不能认为这一切都是理所当然的。

"五千够吗？"我问。

老孙双眼里立刻放射出非同寻常的彩光，没好意思再开口。他心底肯定后悔借少了。不过，我也只是客气一下，没打算多借。

"一个月？今天16号。"

"一个月。保准。"

"两个月吧。万一——"

"老刘，我说过的，一个月就一个月。一天不多，一天不少。还钱，我请客。"

"客就不必请了，我——"

"看不起我？"

"哪里呀！"我说，笑笑，看他认真的劲头，"我听说，你……偷了……一台变压器？有一个水果阿四，你朋友……"

"啊……"他神情低落下来，垂下头，又慢慢浮上来，"那厂子，工资老拖，我卖啦，抵工资，他不亏我也不折本，拉倒。"

"钱呢？"

"我们不能跟省城的大富豪比！我女儿去蹭饭，一顿就上万块哪！我们……我们就是穷光蛋！唉，活着……我给啦，我不能叫女儿把我看成个穷光蛋……很轻松地，吃顿饭唱个歌，再买两件衣服，没了。我辛辛苦苦三个月，她三天花光了，我……我知道，人请她，她早晚也得请个把两顿的，扯平……哎？上星期给我发短信，说爸，我谈了个男朋友，特别有钱。我说捞紧点。我打比方，比如捉鱼，一定要掐鳃，掐死了，稳拿稳的！"

"掐到了吗？"我淡淡地问。

"正在掐。掐不住这一个，掐下一个，这四年里，总得给我

为什么没有项羽呢

掐到一两条，顶实实的，我跟她妈下半生就指望她啦。我说，掐不着，最伤心的不是我，是你妈，你知道的，老杜下岗好多年了，她那个狗屁丝绸厂……噢，就你对面这破厂子，一分屁钱没给过——"

他突然截住舌头，好像一股灵光霎时穿透身子，他定住了，一动不动地。

我随着他渐渐专注的目光，也一同越过半掩的推拉门。雨水受着黑暗的控制，坠地时更见漆黑，只在灯光倾泻的部分溅出袅袅亮光。老孙拉起电工包，朝门外走。我被他诡秘的动作驱使着，紧随着他，南北是砖墙，东西无人，他仍左右前后地察看着。是电线。我终于知道，他在查看线路，然后指着老丝绸厂墙内的某个方位说："我记得不错的话，那地方是配电室，变压器就在旁边……这个破厂子，一点灯不见，有没有人啊……"

我连忙制止他："别，别，老孙，这不是开玩笑的，你要这样，钱我不借了。"

谁又能保证，他拿到钱，会不会再去偷呢。偷了卖掉，正好还我的钱。还好，第二天我去那厂里察看，白墙上都喷着红红的"拆"字，听说厂地已经卖给外来的开发商，地段好，建娱乐购物中心。看样子，很快就要破土动工了。

如果不是孙百川突然冒出这个大胆的念头，我根本不去关心隔壁发生了什么，甚至当它开张营业的时候，我连进去逛一逛的兴致都没有。面对即将发生的断壁残垣，不会有几个人记得这里曾是一家丝绸厂，曾经有一台一吨多重的变压器，曾经兴旺，曾经被人嫉恨羡慕，也曾经被盘剥得一丝不挂，令人感慨万千。是的，我对自己感到非常奇怪。可这有什么呢，这儿的人都是这样，对身边的一切漠不关心。如果像老孙那样，突然对某物焕发出复仇般的热情，像打过鸡血似的，我竟然会感到非常害怕。

距16号还差三天，孙百川果真来还钱。我之所以牢记着"差三天"，因为当天晚上老鲍和一个陌生人打了一架，都喝了酒，陌生人在跟看厕所的老头争论时，老鲍说了一句"不就五毛钱嘛"，意思可给可不给，也可以理解为可收可不收。结果陌生人的父亲和朋友赶来帮忙，老鲍公司的几个小伙子见老板吃了亏，捞起凳子冲上来。凳子一点事都没有，那老人在医院里躺了半个月，始终不能当众站起来。老鲍两年生意白干了。我庆幸自己不在场。我跟老鲍几乎三天两头聚，要知道，我比他更愿意冲动一次。为此，我从钢筋水泥的骨缝子里感谢老孙，他非要请客，非要光光鲜鲜地喝一场，我只得辞了老鲍的场子。

此后，杜惠芳喜欢的十字绣，我奉送。孙百川只要来，只要他不在我店里拉屎，我都无所谓。他领朋友来装裱，我打三折。三折？老孙脸阴下来，说这些朋友都是混社会的，抹嘴胡说，对你生意不好。七折差不多。你们说，这样的朋友，我还能怎么说？我感觉他变了。按常规来讲，一个人的变化总是缘于人生中的某次重大变故。说是变故，更准确地说，是伤害。然而，伤害能让人变得"良性"，这说明伤害从某方面来说是有益处的，至于有没有真正的价值。嗯。不好说。

为什么没有项羽呢

事就是这样，表面挺好，实际呢，谁也把握不准。就像剥一只橘子，摸着挺好，闻着也挺香，一剥开，已经烂了，只好扔掉，期待下一只。实际这一筐里的橘子都一个模样，兴许是同一棵树结的，只能剥开来验证了。

当时孙百川喊着说："老刘啊，老刘！马上有几个朋友过去玩！马上！你准备……准备一下！"

我也对听筒大声喊："好！好咧！"准备茶叶。擦桌子。码竹凳。

太阳刚偏西，杜蕙芳、她女儿、三个长短不一的男人，歪歪扭扭地走进店里。孙百川走在最后，却像小孩子似的抢座位，先将电工包扔到沙发上，人就像一头被太阳晒懵了的雄海豹，慌不择路地入水，俯趴到沙发上。接着，打了个滚，身体翻成个"大"字，连打几个饱嗝，对我喊："老刘！上茶！你们，看画！看好了裱！老刘，实惠点！"

不及我回答，杜蕙芳脸一凛："把裤门扣好！"

我也笑了。来的男人便笑嘻嘻地拿孙百川的裤头说事。他女儿始终脸色冰冷，扫视过一圈店里的字画说："妈，这些画，没有前途，不要裱了。"

从未有人当我的面这么说话。念她年轻，我委婉地说："徐渭的画，山水画的巅峰，一片叶子都有韵味，年轻人可能理解上有差距，但是你不能说，它没有前途。"

她沉默着，仿佛我摁到了她不屑一顾的某个伤口。

我又问："那什么画有前途呢？"

"油画、水彩画、版画。西方的，都有前途。"她傲然地回答。

我有点逼迫她了："那我倒想见识见识。"

老孙冷不丁从沙发上弹起来，打了个响指，嚷着："见识！见识见识咱家闺女的画！老杜？老杜！……老杜！"

杜惠芳仿佛神经痛一般摇着头，直到肯定之前，她的脸色一直不怎么好看。很白，不是那种正常的白，而是那种调和不匀的暗白。门外，老墙洞开，丝绸厂正被拆毁，尘土飞扬。她的女儿，遥望着一块神秘的大陆那样，冷着脸，默不作声。我倾向于将她的这种状态理解为接受，以证实自己的实力和价值。或许，她希望能赢得他人的赞许——哪怕是外行人。

老孙抢着去停车场为女儿拿画笔和颜料。大约二十分钟后，他才气喘吁吁地跑回到店里，像钓鱼人拎着他心爱的钓具一样，拎着女儿的帆布画包。杜惠芳头晕，坐到沙发上喝茶，老孙磕磕绊绊地为女儿准备着，她却不领情，叫父亲到一边忙去。午后，即便困乏不堪，几个人也都坚持着。但是，画什么呢？

"随便。"杜惠芳揉着眉骨说。

"想画什么画什么。"几个男人说。

我说，随意。既然决定画一幅，她心中必定有几篇腹稿，其他人的坚持——实际意义并不大。

"画丝绸厂！"孙百川突然说。他女儿根本就没问他，或者说没打算问他。他主动跳出来指挥着，"喏，"他指着店门对面的拆得半废的办公楼说，"那是我跟你妈认识的地方，有纪念意义，画！就画它！"

为什么没有项羽呢

"你瞎指挥什么？"杜惠芳埋怨道，"那个破厂子有什么可画的？一分钱都没有，跟你爸一样，画它不如画银行喽，盈盈，少听你爸的！"

令人意外的是，盈盈居然说："妈，画得有意义，我爸说得不错。"

"有意义？有意义还拆啊，好，好，画……画吧，我……真困，我歇一会。"

那个红鼻子的西装男人上来问："盈盈？要多久啊？"

"两三个小时吧。"

"那我们出去转转。"他坚持喊上杜惠芳，然后问孙百川去不去。我重新泡了一壶铁观音，专注地看着盈盈调水彩、凝神构思。很快，店里只剩下我、盈盈和孙百川三人。盈盈突然忍不住，放下画笔，走过去拍打父亲的脸，叫他不要打呼噜惊扰她。老孙皱着暗眉，擦着流淌的口水说："爸困啊，你让我睡一会嘛。"我说："老孙，你到里间睡，里间有两个桌子拼的台板，我铺上毛毡了，不脏。"老孙一听，挪下沙发穿鞋，盈盈却说："爸！你为什么不跟他们一起去？"问得老孙有点突兀且茫然，说："我困啊。"盈盈气愤地说："妈也困的，比你还困，她就去了么！"老孙趿着皮鞋，低着头说："你妈小脑袋聪明，打牌能赚点，我去？我去会输钱的。"盈盈面无表情，窘着，然后像下定决心似的，不再理会画框之外的事了。

我也觉得不该打扰盈盈，便出了门，找老鲍聊天。老鲍总结说，其实现在的人越活越像个小孩子，幼稚，自己惨，盼着别人在其他方面比他更惨，心理失衡。被袭的老头子终无大碍，每天挂水吃药，倒觉得这点安慰比吃饭还强，好像不糟蹋点抗生素和营养药，他就对不住自己。老鲍身心俱疲，小伙子姓罗，一见事大，跑了，不见踪影，老鲍只好一个人死扛。我们聊着小罗，我说小罗实际是害怕，没经过什么事，你就原谅他。老鲍说这是一方面，另一方面是责任，事因我而起，责任在我，他跑什么？他的父母，好端端的，说生了病，也躲起来，这一辈子就不打算见面了？……

这时，我隔着玻璃门看到孙百川突然出现在巷子深处。奇怪了，他刚刚不是睡觉的嘛。

我看到他把一串发亮的钥匙塞到怀里，拉上夹克衫，左观右看才进了店里。我琢磨着他什么时候出去的。我不知他是不是在找我，等我回店里时，盈盈仍在安静地作画，里间传来孙百川的鼾声。奇怪，一切平静。

后来我暗地里问孙百川，他居然瞪着我说："胡扯！你眼花啦！"

五点钟时，杜惠芳和一伙人归来了，一齐嚷嚷着看画。孙百川刚睡醒，抹着嘴角的口水。他睡觉好流口水，幼年的毛病，像口吃或挤眼，一直改不了。我看到他把皱巴巴的夹克衫脱下来，叠整齐了，小心地放在拓纸机的旁边，然后坐下来，不紧不慢地吸着烟。

从老鲍那里借来的电磨机不怎么好使，线头露出来，我一边搞着，一边琢磨着画布上那些乌黑的、酷似芭蕉的东西。若是天空，那画布里没别的东西了，厂房、车间、烟囱，凡一个工厂该有的建筑，一概没有，连个人影也没有。画布中间有一条弯曲的白，旁边

为什么没有项羽呢

挥洒着许许多多的小白点，相比较，后者更白。

杜惠芳一会凑近画布，一会儿往后靠，翻来覆去地瞅，像一条试探陌生食物的胖头鱼。那三个男人也在谨慎地揣摩，忽然有人问："盈盈哪，丝绸厂呢？"盈盈白了他一眼，捋了捋长发说："这就是。"母亲流露出被莫名其妙折磨得十分憔悴的倦容，问："盈盈，丝绸厂不是这样子的，我看……像……白菜地。"一个男人说："那白点，不是虫子就是下雪，我见过的画里边有这个，是吧？盈盈。"他的一条手臂文着"方天画戟"，另一只手腕上套着一圈圈檀色的菩提子，另一个男人的手腕上也套这种，要小，花生壳的颜色。比他们更年长的男人将这种佛饰佩在脖子上，很长，红茶色，不停地用手指抚摸着。我不知道他打麻将的时候是不是也这样。

盈盈突然把头掉向父亲，喊他过去。她母亲仿佛劳累了大半生，撤回到沙发上揉肩膀。她的手上也戴着一串菩提子。她抓着它，满不在乎地侧着头，目光飘向店门外，无所谓的样子。

孙百川瞪了半天，终于发话道："这是什么呀？这黑的、白的……"

"黑的是屋顶，白的是雪，中间的这一条，是路。爸，这是天空图，视角是俯视，就像上帝在天堂俯视众生。"

"我们这么看是……"

"是平视。"

"为什么非要俯视呢？厂里有许多的人呢，怎么画里一个都不见？"

"那厂子，现在……都拆了，没有人。"

"那你画里没拆啊,树也没有,有个花池的,喷水的花池子,你小时候我还带你——"

"孙百川!"杜惠芳突然扭头喊,"是你让画的!还有脸问?盈盈画得不错,那个破厂子早该死了上天堂!它有什么好指望的?你还让闺女画它?"

"妈,爸不是那个意思。"

"喂,爸觉得吧,你画反了,对,是画反了,这个厂子好像头朝下悬在天上……"

"不管是头朝下头朝上,已经拆了嘛,盈盈,你画得……画得像个……像个电影里的庄园,对,庄园。"

"现在秋天嘛,哪里下着雪?"

"秋天就不能下雪么?谁规定秋天不能下雪的?"

"不是规定,这本来这个事——"

"画就画了,挺好的,我觉得盈盈画得挺好。"

盈盈突然打断他们说:"其实我爸说得对,这幅画就是画反了,所以它被拆了,我就是想把它还原出来,让他完整。叔叔,你装裱吧。"

她朝我笑了笑。这是她第一次朝我微笑,她的笑很美,脉脉含情,亮着银亮亮的光。那种白就像雪花编织的一张网,一会儿也就融化了。

按程序,三天后画就装裱好了,我便打电话让老孙来取。打了许多次,又过了些天,仍然关机。有人十天半个月才来取,也正常的。一段日子忘记了,突然想起来,连忙跑来取,都正常的。老

为什么没有项羽呢

孙没有来,一直没有来。画呢,就一直挂在墙上,覆满了灰土,逢人来取画,妻子总不忘叮嘱一句,老孙还没来取画呢,都长霉了,二百多块钱哪!她记在小本子上,时间、欠款人、钱数。备注一栏是空白,一旦还了,她便打上一个钩。一直空着的,说明是死钱,可能要不回来了。

到了年底,她把死账重新登记一遍,然后叹口气,对着窗外无边的天色发呆。到了第二年的春节,她又登记时,我说:"孙百川的不要登记了,谁知他什么时候回来。"妻子执拗要登记,在外头奔波,总归要回家的。你看,她就这么执着。

他真的回不来了。他用配好的钥匙偷窃,有一回撞上来人,从卫生间往外逃,实际上三楼并不算高,他却被扯在空中的电缆拽了一下,后颈着地。

他女儿该来把画取走的。我压根就没打算收钱。直到今天那幅画仍然挂在装裱店的西墙上,我时常凝视着画布里的丝绸厂,想象着它双腿悬在天空,头往下俯视我们的情景。这时候天空还飘着大雪,那条发白的小路上一个人影也没有,这种天气最适应和几个朋友喝酒了,泡一大壶红茶,喷吐两三根纸烟,天南海北一通乱侃,最幸福了。如果有人问我什么是幸福,我会回答,这就是。

第二种爱

上午在游艺场，她说，如果她是个男人，他是她的"妻子"，她就会把他装进模塑人的红肚子里。对这种假设，他一点也不意外，倒觉得这主意不赖：像配合魔术师的道具女，隐匿如空气，趁他不备，突然跃出来一阵热吻，然后瞬间消失。不久，他的肚子就会迅速膨胀起来。是他。是她的。就像魔术里的移形换位。

鼓风机伸在模塑人的脚跟底部，不断注入空气，广告时间里，机器一直嗡嗡作响——人头攒动中，所有的声音都掩盖不了它。

他们就在肚子前方合了一张影。模塑人红头方脸，小眼盈盈，身材细长，不知因为脖颈过细还是鼓气不足，脑袋老昂不起来，倒耷着脸，小眼朝天。他们坐在凉椅上静候着两杯冰饮，遮阳篷外光线过度，灼烧着空气，她哭丧着脸说：

"我们该有了啊……"

为什么没有项羽呢

"你又来啦？"

"嗯……"她哭着点点头，"刚刚去卫生间的……"

事实令人心碎，更令人揪心的是她被泪水蒙蔽的无望。周围的人很多，他只好投去怜惜的目光，将冰饮推得离她更近一些，直到她领会他的关爱，抬起纤细的手指，附着在玻璃杯上，在不被人注意的光影里，低头偷偷抹去泪痕。等冰饮已经变温和了，她才把脸蛋抬起来，像重新记得保险柜的密码，安慰似的回赠对方一个特别独立的微笑。而男子的脑海里，立刻浮现出她单薄冰冷的身子、如试雷区般的胆怯和瞒着他暗暗啜泣的样子。

他们很少在公众场合下示爱，从来不拉手，一般都是他在前边走，她离着半步或一步远，在这种令人倦怠的天气里，隔着两三步，如影随形。结婚三年来，她仍像头一次约会时那样：拘谨、顺从。很难有人一眼断定他们是一对夫妻。

她比他大四岁。她是姐姐，实际像妹妹——什么都顺着他、依着他，从不怀疑他。他也没什么值得怀疑的：一日三餐，正常上下班，偶尔展露一下厨艺（像生涩的表白），稀松的应酬，自媒体公开分享，甚至互用。对于他们认识以前的时光，她觉得就像腌了五六年的咸菜——彼此都没有胃口的。不过，她知道他换过好几种工作，啤酒员、测绘师、程序开发员，还做过保密工作，至于保密什么，他不便透露。再有，他是外地人，在新城一家上市公司工作，月薪和福利都很高，主要生产智能设备，像射频头、感应器、光端机等。如果出差过久，他们便使用视频电话。视频满足有时候也很棒的，在宾馆干净松软的床上，另一边的床更干净，不受任何干扰。余下是他所展示的清白之躯和她对他忠贞不渝的信念。

不幸的是，偶尔，最顽强的信念也会失灵，比如受孕。

她试过所获知的一切方法，和父母联手，可每次例假一来，她的身心都要承受一次致命的锤击，心灰意冷，恍恍惚惚地过一周，直到性爱的封条再次被撕开。如果此时他恰巧在外地，她在视频通话时便会撒娇，发嗲地要求道：

"回来么，回来，你现在就回来么……"

"好么，好么，马上，马上……"

实际上他们都清楚，如果再不成功，他俩都要重新审视这段婚姻。

某天，他立即挂断视频电话，用区区八小时赶回了家——近两千公里，乘高铁。早上七点一刻，他悄悄扭开安全门。他跟妻子的父母一起住。她的父亲练太极剑去了，母亲正在熬白米粥、预备早饭，见他风尘仆仆，大包小包的，马上丢下菜刀，也去练太极了。他被剩了下来，自然要找剩下的另一半。

双人床，在单人的情况下显得非常阔绰，沈蕙芳呈对角线睡姿，把节省下的一条腿和胳膊趴在余下的对角里。从姿势上看，她在与另一个自己作战，两股力量彼此折磨，一点妥协的余地都没有，表情很痛苦。男人不禁为她梦里的悲苦叹了口气，把那只蓝色大提包塞到衣柜里，去洗手，回来换衣，在床边坐下来，抚摸妻子柔滑细腻的大腿，静静地、以她熟悉的方式打开她。

170

为什么没有项羽呢

沈蕙芳喃喃着接受并且开始，就熟悉度而言，她对如此高效的高铁速度并不陌生，反而很快让身体回响在某种乐器的余音之中——直到他们完事后，她看到丈夫从衣柜里从容取出一只蓝色提包。

"什么呀，高朋？"她曲起小腿，遮掩住自己。

拉链打开，里面是个白色的经模具冲压制成的头颅。丈夫将它置于自己的耳旁，并列摆放，站在衣柜前问：

"像不像我？"

"不像……哪里来的？你什么时候放在衣柜里的？我怎么不知道啊……"

"就刚刚……对了，还有头发和皮肤，我安装好给你看啊。"

有些相似，她感觉，就像去年腌的黄瓜条子跟三年前的相比。当然，不仅仅是口感，但对于普通人来说，如果口感好，很少再去关心胃的。

"怪吓人的……这做什么用啊？"

"一种发明，新科技，辅助受孕。"

"真的？"她立马赤身坐起，拿起被单掩住小腹说，"你骗人，那是假的……一个玩具头，怎么可能呢……你又来安慰我。"她心情一低落，往事遂浮上心头。她的内心有一个秘密永远保留着：二十四岁那年，她流过一次产。除了医生，这个世界上恐怕只有她跟那个被她诅咒辱骂过无数次的年轻记者知道。此后，他们犹犹豫豫商讨了一年多，直到对方无故失踪，又过了近半年，她才从失魂落魄的阴影里走出来，面对这个模样大变的世界。如果说恨的话，她这种恨距离焦虑和担心更近一些,更为确切的说法是,他是否尚在人间呢,还是出于爱心的眷恋或者某种不便告人的秘密——有意为之呢?

此后的等待告诉她,即便一切如旧,又会有结果吗?

许多时候,她不无悲凉地预感到,那将是她这一生里唯一结的果实,却像神奇的人参果一样,落到地面上,倏地就不见了。早知如此,她何必为了名声把果子强行摘掉呢?单亲母亲多得是,将来再嫁也未可知。如果不是因为这个缘故,她何以在三十二岁才把自己嫁掉呢?——而且,也算是看在缘分的面子上。

"不光是头,还有身子,有胳膊有腿的,需要组装起来才行。"高朋说。

"然后就可以了吗?"妻子无动于衷地倚着枕头,疲乏地说,"我每天抱着一个成年瓷娃娃,就能怀孕了?"

"它不是玩具,它里面有各种辅助细胞活动的微波,嗯,使用起来,可以让身体里的细胞,尤其是卵子的……活动能力,提升好几倍哪。"

"真的?"

"当然是真的。"他告诉她,这种实验已显示了良好的预期效果。

"只有头,它的身子呢?"

"快递,在路上呢。到了后,我组装,你用。"

"怎么用?"她忽然直起腰,瞪大眼睛,瞳孔发亮,绾起了秀发。

"跟对我一样啊。"

为什么没有项羽呢

"一样?怎么一样?"

"怎么都一样。吃饭,睡觉。"

"啊?你要我跟它……我不!"

"它是机器,是辅助。"

"我不需要辅助……"她突然羞红了脸,好像那是个真人。

"我俩,你知道的,需要辅助……有的事,指望我们俩完成不了,就得需要其他的来帮忙……这两年,求医问药,算命测字,奇方子,掷小钱……道理一个样嘛。"

沉吟片刻,沈蕙芳虽然还是觉得不妥,但已经显出可以商量的余地了。

高朋见状,坚定地说:"我帮你。"

"等来了再说吧。"沈蕙芳依然留有余地。

当夜,男人提出搬到油漆味重的书房里住,沈蕙芳没有同意。她勉强提出了反对意见,不管怎么说,父母亲会因此推断出他们的感情出现了裂痕,接下来会逐步试探、侦察,继而说服,让他们回到原轨上。她是独生女,此生相伴——尽管最终免不了孤独而终,但每个人都在努力回避它,对吧。有时候,沈蕙芳不免联想到一句箴言:"因孤独而生。"就大多数夫妇而言——因孤独而生育,她们害怕孤单,好比一个物种害怕它的同类。

她说:"你去书房里睡,留我一个人,什么意思呀?"

他点开手机里一封机器安装说明的邮件,上面写得很清楚,分床的意义在于增加亲密感。嗯,令欲望喷发。他重复而夸张地说,像岩浆喷发，炽热血红的岩浆从地心深处喷薄而出。她狐疑地睃了他一眼，她相信岩浆，相信喷发，却不怎么相信岩浆喷发。不错，她需要每时每刻的注入，她需要岩浆，她需要立竿见影，最务实的说法是，她需要成果。可这现实吗？从他们认识到现在，她只有温水煮青蛙的感觉。她已经三十五岁了，不允许自己往火山口上猜想，换句话说，留给自己的时间和机会都不多了。

高朋安慰她，你别急，要循序渐进。

三十五岁没怀上孩子，这能叫循序吗？这已经脱离常规了，像她这等年纪的女人，孩子都上四年级了，还有的在读初一。差距太大了。

高朋只好撤回到原来的阵地：床的另一半。也许他在这个家里所拥有的也就这点地方——他当初的物质条件有限，时时有一种被鲸吞的感觉，好在他已经攒够了首付，妻子只要怀上，他就购房。但考虑到眼下的各种变数，他并没有告诉妻子，以免她想得太多，弄不好会起反作用。至于另一种可能，他都不敢问自己，如果永远怀不上呢，房子还买么？他宁愿相信那只是一个无聊的假设。

当晚，他们并没有例行去散步，而是研究如何摆放和使用微波头。指导意见上说，产品使用前，人应调匀呼吸，放松身体，然后将它置于床上，以人的体温加热它，后插电加热至次日醒来，不用时拔掉电源，如何保存、防潮，等等。

大体说明白了，就像冬天时用的电热褥子，始终放在床上。不同的是，谁负责取暖。妻子体质虚弱，畏冷，四肢常有莫名的瘀青，应该是机器为她取暖才对，怎么反过来了？

为什么没有项羽呢

指导书的解释是：亲昵度以及人性化的设计。

他们琢磨了半天，似乎才搞明白，大概是让机器有人一样的反应？具体地说，是激发女人对男人强烈的化学反应吗？类似一见钟情？

妻子笑吟吟地说，有意思，还怪好玩的。于是把微波头摆到荞麦枕头上端详，工艺、光泽度、线路和它厚重脑壳里隐藏的发射器都令她无比好奇。过一会儿，她抱在小腹前，又放在腿弯上，用它的后脑勺按摩着肚子，不好意思地笑着，对高朋说：

"我看挺像你的。"

"像么？"

"像，他就是你嘛。不然，我怎么会这么抱着它？"

"你有什么反应没有？"

"它怪滑的，柔滑滑的，像女人的头发……我就是觉得它很滑，很顺服，挺好的。"

"没别的了？"

"刚刚开始呢！别瞎问！"她嗔他，后又笑，笑着笑着忽然流下泪来，问他，是不是把她当成小女孩了，都这把岁数了，还拿电子玩具哄她开心。他说这样挺好啊，哪天我出差了，留你自己，有东西陪，也不孤单。她听了，难过地搂住他，吻他。他们在床上沉默了好久，窗外的天色被各家各户的灯火罩住，透出一层层稀薄的光晕，游戏着人间的小虫子，静静地下沉，直到与世间万物默契，令它们真假难辨。

一切都太快了。高朋下班回来，发现岳父和岳母几乎能将指导书背诵下来。相比太极剑口诀，指导书行文流畅，简单易懂，而一旦照此执行，要么欠火候，要么过了火。比如，组装部件抵达的当天，妻子特意请假一天，专心与父母联手组装。父亲的意见是在地板或床上组装，母亲说这怎么行呢，地板是够用的，可是人走来走去，零件小，容易弄丢，再说有点脏，至于床上，她说急什么，还不到那个程度。餐桌的长度正好容下躯干和腿，高度适中，头置于正南的椅子上，等待最后连接，于是把零零碎碎的碗筷碟子全都丢到菜盆里，待组装完成后刷洗。三个人，六只手臂，仿佛在缝制金缕玉衣。

　　岳父刚买来一只万用表，满脸通红，冲刚进门的高朋兴奋地直嚷：

　　"都是通的！都是通的！"

　　"你测过啦？"

　　"全部测过了，一个也不漏。"

　　"那好，那就好。"高朋只好如此含糊地应付一位曾经的中学物理老师。接下来，他的岳母，扶着镀金的老花镜框，严肃地抬起一对划过的双眼皮，招呼他过去，问他指导书里为什么没有英文，或者意大利文、韩文、德文和法文，为什么只有简体中文。显然，没有海外市场的产品不算是成功产品，起码，这种眼光和胸怀得有，更可笑的是，居然是电子版，难道厂方图省纸吗？

　　"对的，现在都是无纸化办公啊，像基本的IT产品，软件和售后都采用云方式了。"他解释说。

为什么没有项羽呢

"云？云是什么？"

"云就是一种寄存，打比方说，我的东西放在你家的仓库里，需要的时候取过来用，这就叫云。"

"给租金吗？"

"有。得看情况，多了肯定得给。人家就指望这个吃饭的。"

"那要丢了呢？"

"这叫云安全，有公司专门做这个。"

"有点乱……"岳父说，丢下万用表，继续组装两根赤条条的白腿。

"这个东西，值多少钱？"岳母忽然抬起头问。

他看向妻子，其实她也不清楚，只好说："妈，你别问了。"

"这钱，不能叫你自己出，得有我们一半……蕙芳，你觉得呢？再说，高朋的母亲身子一直不……"

"妈，等装好再说吧。"高朋说。

装好了，插电，岳母伏在机器的小腹前细听，像听胎音似的，老半天，皱着眉，一脸的深思熟虑。跟着岳父去听，蕙芳去听。最后，高朋去听。高朋细听了一会说，就这样，正常，指导书上有说明。岳母接着从衣柜里翻出一套老伴曾经穿过的蛇花睡衣，为它套上，一边套，一边测试它的腕关节、肘关节和膝关节灵活度。岳母患慢性关节炎，一年四季从不摘护膝套，其护理知识并不亚于专业医师，不过对机器而言这点专长派不上用场，遂感慨它的柔韧性和强度，对自己的虚弱和疼痛颇为伤感。岳父倒很乐观，端详了半天，挑出一个毛病：光头。触目发亮，有点黑社会的意思，暴力，与知识分子的家风不符,马上从衣柜里搜出一顶鸭舌帽,戴上,调试角度。他还想给它卡一副老花眼镜,被女儿及时阻止住。沈蕙芳的意思是,它又不是男模。高朋看了她一眼,也没再说什么。

岳母问:"你们听到没有?那声音?它肚子里的……"

"我听到有水声。"蕙芳说。

"我听到咝咝的,像烤水。"

"你呢,高朋?你听到什么声?"

"应该是……电流声吧。"

"那我怎么听到小孩子在哭啊……喂,你们别笑啊,我真听到了,是有个小孩子在哭,找妈妈呢。他妈妈也真是的,怎么舍得把孩子一个人丢下啊……"

都不吭声了。她要再听一听。岳父拗不过,由她去听。这一次,她用上了两只耳朵,挨个反复枕在小腹中央,为了听得更真切。她冥想似的,闭上了眼睛,双臂紧紧搂住它的腰,几乎要把它抱离地面,让人感到一种无形的惊惧,而对方的双腿叉开,几乎融进她大半个身子。她的痴迷一度令她混淆了机器的性别——甚至自己的性别。沈蕙芳不忍看这一幕,扭身回到自己房间。岳父呆呆立着,等待老伴即将发出的哀呼。高朋注意到电源插头早被拔掉了,也不提醒,见妻子回房后,也默默地转身,把时间留给两个心情复杂的老人。

默默吃过晚饭,像往常一样,他们散步至游艺场。回来的路上,蕙芳忽然带着怨气说,妈妈害怕了,怕高朋把他们一家三口落下,单单自己走了。高朋虽然反驳,但各方都清楚,这种担心并非多余。尤其他经常出差,尤其蕙芳记忆深处那个男友——忽然有一天,之后再也找不到了。蕙芳便无奈地哀叹道,如果回到年轻那会多好啊。

高朋说:"年轻时,你们一家三口过,如果还是你们一家过,和以前有区别吗?"

这话听着很不舒服。高朋意识到了,马上纠正说:"我假设呢,假设怎么能当真呢。"

"不管怎么说,你都想到了。"沈蕙芳冷冷地斥道。

"人每天有一万个想法,做只能做其中的一二个。"言下之意,想归想,做归做,不是一码事。

"虽然都是三口人过,可是我老了,我爸妈都老了,这能改变吗?"

不料高朋反问道:"如果能呢?如果能的话……你也想回到年轻那会是吧?可是如果我也这么想,你就怪我,这不公平。"

提到公平,蕙芳就冷笑了;暗示高朋的心思很邪恶,高朋辩解,争吵几句。天阴着,路压抑且难看,两人一前一后拖了十来米远,一个像凿窝,一个像撒种子。不知是高朋觉得无趣,还是蕙芳怨气未平,心里烦闷,渐渐各走各的方向,直到一方回到家,才知另一方不在家。回到家的一方是蕙芳,她越想越气,不及开灯,赌气地往床上一躺,手臂一展,才觉得空空的床上有个隆起:那台机器。

拧开台灯,鸭嘴帽被摘除了,睡衣也被脱去,光身。爸妈真细心啊,蕙芳不禁感叹,先摸了摸它紧凑的胸,忽然觉得它的皮肤并非那么光滑，而是有些细微的纹脉，再摸脊背，弧度正好，揽到贴胸的位置并不拥挤，不像高朋，高朋的背更宽，或者说，她的锁骨更窄小吧——她立刻意识到自己脸红了，灼烧起来。

它有点凉。怎么形容这种凉呢？就像受阳光照射一天的树叶，接近傍晚，轻飘飘地落到夏末的湖面上。蕙芳把它的全身摸了个遍，披紧它背后的空调被，让温度迅速传播，然后试着钻到它的胸脯间，就像第一次和异性亲密，体验着那种异样的安宁，片刻之后，再试着把它搂在怀里。如此数次，她的感官变得强烈起来：前者，它是位男性；后者，它是她自己，或者一个与她身高相等的职业女性。它腿间夹角是空的——这在性别符号上更吻合女性的真实。

很快，她打算为它网购一副栗色或黑色的卷发、一套新内衣，甚至考虑到一枚戒指。

这个计划都是她临时决定、愿意立即去做的，无须征求高朋的同意。她梳理着种种跃动的念头，放松心情，一边自问，一边自答，谜底即谜面吧。直到现在，她并没有像往常那样，主动给他拨电话，或者发短信问。若说不同寻常，仅仅是思考过于集中、略感疲乏而已。

到了十一点钟，高朋还没回来，她更气愤了，决定从今晚起，就叫他住书房吧！和那些陈年旧书一样，永远地晾在书架上。

她懒散到不肯下床、去查看书房里整理得怎样了。两米宽的双人床倒是预留了一小块无瑕的洁白，如果他愿意来，她并不给自己多少勉强，至少这台机器的温度她要保证。她忽然想到电源，大概温度也够了，便插上。妈妈不是被隐藏的婴儿声诱惑了么——她感到肚子挺到了极限——几乎把自己的一生押上去——听听那诱人的哭声、闻闻那诱人的哭声么——哪怕在无忧的梦里。

直到5月底，槐花白得败落，香气日渐飘零。沈蕙芳上班之前，总要把夜里碾皱的床单捋平，连同机器身底部的电热毯子，一起通上电，拧到保温刻度上，再将被头掖到机器的脖子那儿，拎起真皮包，拉上窗帘。

走之前，总要恋恋不舍地瞧上几眼，对它说：

"等我宝贝，中午我有事，晚上早点回来……"

她贴近脸颊，做一次短暂离别的亲昵。

如果高朋过来睡，她照样亲，只是角度更低，低到它的耳际下。她从来没有告诉过高朋，她喜欢他亲吻那里。那是一种突然而至、腾飞且全身酥麻的感觉。飞起来。对的，爱情就给人一种瞬间腾飞的感觉。步态轻盈，如果穿一身吉卜赛风格的长裙，混搭垂丝，迎着风，她就在飞了。

分床睡自然瞒不过长辈的眼睛，大约四五次之后，他们才发表意见——瞅女婿去外地出差、即将回来的一个周末下午，一家人像往常一样，父亲揉面，母亲买肉，女儿擀饺皮，母亲包，揉累的父亲则在一旁沏壶品茶，俨然看客一般。父亲的偷闲引起母亲的不满，抱怨他上一回包包子，碱大了，面黄，这一回吧，不使碱了，可面硬，不知他怎么揉的，天天抱茶壶，死懒不动！父亲也不答话，呷了两口，抬起眼皮，使了个眼神过去。母亲立刻领会，回了个眼神，含蓄地提到指导书。有些细则，不能断章取义，比如说分床，小孩子长大了，需要自立，应该分床，老人呢，爬到一定年纪，对长时间的亲密产生了抵触情绪，宁愿享受个人的自由空间，分床也是一种回归的方式——除此之外，分床不值得称赞和效仿，年轻人，为什么年轻呢，因为需要亲密，否则和老人有什么分别？因而，结论是，高朋一回来，就得改，把大事办了。

语气和口吻与当年他们催婚时一样。

他们也对机器的放置提出了不同看法。统一起来说，机器不能与人享受同等的"待遇"——哪怕是人，整天窝在床里不动弹，不是病了，就是个死人。机器就是机器，人是人，机器不能整天放在床上，放在床上也就罢了，还得用电热毯子保温，保温也就算了，还得加床被子，这是机器吗？这比婴儿还要金贵。如果被串门的邻居知晓，私下里会怎么议论？讲不通的。母亲提到，女儿最近有点不太正常。

"我发现你特别高兴……每天都在笑，一边笑一边哼着歌，像个没结婚的小姑娘。"父亲补充说。

母亲劝道："姑娘家，应该稳重、得体！"

女儿委屈起来："我为什么不能笑？难道你们叫我天天哭么！"父亲纠正说："不笑，并不代表哭，人不能走极端。"母亲忽然问："你是不是有了？"女儿则摇摇头说："妈，看你想到哪儿去啦？"

"那你笑什么？"

"我觉得我变年轻了。"

父亲一听，非但不高兴，反而很严肃地表达出不满：

为什么没有项羽呢

"人无远虑，必有近忧。你现在的快乐就像回光返照一样，是要小心谨慎的。女人一过三十五，就等于错过了怀孕的最佳年龄，我以前认识的一个女老师，教体育的，每天都乐呵呵的，每次都流产了，莫名其妙地，至今我都费解……"

"你费解什么？人家流产你费解什么？女老师……你就记得女老师！蕙芳，还有……"母亲扭转头，拣重要的事发问，"你没发现，高朋最近出差的天数增加了吗？原来三五天的，现在没有两礼拜下不来……这是怎么回事？"

"工作需要呗。"

"现在的工作和以前不一样吗？是工作性质变了，还是职务变了？"

"没变，他还是老岗位……"实际上沈蕙芳对丈夫的工作基本不了解，不过她很清楚，恋爱期间，高朋对她的欣赏正来自于这一点，互不干涉，互不过问，只需将工资卡交出来即可。而沈蕙芳呢，也认为这种做法稳当，双方一拍即合，爱期才续到婚期。婚后，高朋按承诺办事，沈蕙芳由此认为，高朋诚实可靠，守信用。工资卡已经说明了一切，何必再刨根问底呢？婚姻也是有底线的嘛。

"高朋在单位到底做什么？"

"妈，你问过无数遍了，做销售的嘛。"

"可是，你跟我说，是发明啊……他发明过什么？"

"妈，那是以前了。"

"我跟你爸在网上搜了半天，也没见到这种机器，看来，它是一台实验机，并没有推向市场……嗯，高朋是不是拿你当实验品呀？"

"妈，以前吃药算命什么的，不也是实验嘛……我看这个效果挺好的。"

"是呀是呀，那就等高朋回来再说吧。"父亲也觉得女人间的聊天很无聊。

沈蕙芳就在他们警觉的目光中默默地点点头，心里开始准备着想念高朋。她记得，在那空荡荡的几年里，她自由得近乎虚脱，每天坐在窗前、阳台或天窗前——总之是那种管窥世界的小洞口，一坐数小时，数树叶，一片一片数，数新楼的窗子，一个一个数，数对面阳台上晾晒的衣服，数过往的行人，数轿车，数垃圾桶——实在没什么好数的，就茫然地看，盯一条狗、一只猫、一簇叶子或其他什么，直冷冷地盯着，陪伴她的只有 CD 机里低缓的萨克斯音乐。有一回对面的玫瑰楼失火了，浓烟滚滚，所有人都跑到楼底下围观，有人打救援电话，有人帮忙搬东西，有人忙着接水，可她呢，始终忧郁地坐在窗子前，无动于衷，不食人间烟火，好像这个世界的一切都与她无关。

那时候，她曾设想一场大火就发生在自己身边——如果父母不随她留在这个世界上的话。后来，她并没有盼来一场莫名其妙的大火，而是等来了一个莫名其妙的电话。来电的说，她的号，曾经是他的。可那个号，的确是新套餐里赠送的。他们如此认识并逐渐交往。她喜欢听他深夜里充满磁性的男中音，仿佛来自宁静深远的繁星之间——自从他们结婚后，那个男人在夜里发出的都是愚蠢的鼾声和消化道饱受干扰的磨牙声。他经常在被窝里放屁，更令她精神

为什么没有项羽呢

崩溃。对于他后半夜发起的浪漫攻击，她乐于享受，因为是梦。

等着等着，高朋终于回来了。没想到，他非常憔悴，眼神呆滞、生硬，毫无活力——好像那世界里刚经受一场烈焰的焚烧，地表开裂，高温蒸腾着，余烟袅袅，掩埋了生命的迹象。他身上携带着车站候车室的腌馊味，头发里尽是头皮屑，手皮干白，颈间血管曲张，眼角——她第一次发现他长出了鱼尾纹。

她感觉他不是在外出差，而是被致命的危险驱赶着四处逃窜。换个说法，他像个逃兵，一个没有履行义务就临阵脱逃的士兵。

高朋丢下行李，一头钻进卫生间，解手、洗澡、刮胡子、把自己内裤也洗了，花了整整一个半小时，饺子都凉透了。又抛下一锅新饺子，盛上来，水亮亮的三碗，高朋只吃进半碗，筷子就不动了，似乎吃过了，或者没有胃口，总之病恹恹的，食欲不振、大病初愈的样子。

"路上累了，赶紧洗洗睡吧。"岳父说。

"哦。"高朋答应一声，站起来，好像再去洗一次澡。

"蕙芳你也一块去吧，这里有我跟你妈，你不要伸手啦，去。"父亲命令道。

沈蕙芳和母亲无声地对视一眼，见没什么新情况，暗暗地低头，听到高朋关门的咔嗒声，才站起来。

"你还吃不吃？不吃我收了啊？"母亲忽然提高嗓音问。

"赶紧，我得去练剑了。"

"你去拿子母剑，我马上好……把我的扇子也带上啊。"

沈蕙芳走进卧室，看到高朋把原本套在机器头上的假发套在自己的头上，不温不火地打量着她。高朋的模样不伦不类，引人发笑。沈蕙芳挑衅地瞄了他两眼，挑拣起了两件内衣，想象到一只卧在沙发上慵懒的肥猫。她匆匆冲澡，大概水流的温度抵消了体内的奔腾，她也感觉到松软倦怠，皮肤溢满了芳香，滑，如奶油，为他准备着，一人独享。

高朋倚着枕头，咬起嘴唇，目光炽热。

她双膝跪床，从机器上爬过去，他几乎把半个身子移到床沿外，等待她梳理出足够的空间。

"你真笨，"他挠着机器的光头说，"平时你把它放在那边，我俩在这边，这样子不就行了吗？"

"你只吃了半碗饺子，我妈会不高兴的……外边的事，是不是不顺当？"

"是呀，哪有顺理成章的？以后，可能时间会更长。"

"我妈都发现了，你出差一次比一次时间长。"

"她这么在乎我，为什么要包饺子？我不喜欢吃饺子，你们一家才喜欢吃。"

沈蕙芳把电源接好了，心满意足地往后一仰："你刚刚说喜欢吃饺子，为什么不多吃啊？"

"我说我不喜欢吃饺子的，你听反了。"

"喂，下面……我们……怎么弄？"她不愿听，急着集中心思。

"模式里有啊，我来……"他说，一把摘掉头套，扔到飘窗上。那里有一盆垂丝海棠，突然受到惊扰，花蕊纷纷落地，肥硕的叶子则感激似的颤动着，羞得更红了。

为什么没有项羽呢

高朋的每一下都在把针刺向花蕊深处，不厌其烦，重复得近乎永久。令人万分羞愧的是，他努力着同时掐住了她和它——难道这个世界上只剩下他们三个了吗？

没有禁忌，她感到无比惊恐。

其过程就好比带着她穿过禁忌的丛林，抵达一块不可预知的湖边。

他越过了本该属于他的界限——这让她惊厥般地想起他刚才把它的头套摘下来，随意玩耍一番后扔到窗台上——那是她标注身份的警告，而他视而不见，毫无顾忌。

她忽然间明白自己做错了事，把回答当作黑暗中潜伏的呼吸，闭上了眼睛。她想象有一方临窗的方桌，自己坐在一张无边无际的椅子上，心内空空的，身后站着一位戴着假发的强壮男子。

她要他守在身后，并非此刻这般用力抱紧、进入她。模式里的说明准确、令人遐想，观点只有一类：它是他们结合的前提，就像花儿需要蜂的授粉，它就是那只蜜蜂。可高朋呢，他在痛苦与疯狂中，汲取着骨髓中的精华，制造着他的花粉。

她久久抱着它，把瘦削的背拱缩起来，慢慢滑入梦乡。

7月，他几乎都在出差。8月间回来。得知消息后，一家三口不再包饺子了，而是预订了一个生意极好的饭庄。他一回来，稍作休整，一家四口便启程赴宴。

沈蕙芳已收拾停当，而母亲坐在书房的窗子边，父亲为她梳头。剪影中的剪影。爱情中的爱。沈蕙芳见到高朋的第一面，平静得几乎没有呼吸,她想说点甜蜜的话,可舌头却像树上枯死的果实般悬在嘴里。她从来都是自己梳头,从来。例外的是见到高朋归来时的新鲜感,他的手触到她时,她打出了哆嗦,像初恋时被人亲吻时的颤抖,她的心在湿淋淋的平原上狂跳,听任自己的身体在无声中受人操控。

在客厅里,她怎么觉得自己一点也不孤单啊。

高朋的第一句问:"你怎么样啊?"

她恍惚地回答:"什么啊?"

"你怎么样啊?"他盯着她,按住她羸弱的双肩。

她仰头看他,有一艘古老的飞艇悬浮在他的黑瞳里,即将解缆起飞,又像刚刚系上缆绳,准备停靠数月。

"我啊,我没事……"

"来了吗?"他问例假。

"没有啊。一直没有。"

"你怀上了?"

"检查了,没有。"她神色黯然,某种亮光似乎正从她的身体里逃逸。

"没有?这怎么可能呢?你再检查检查,现在这些医院,你不知道,宁愿不治,也不愿承担责任,导致医生的水平参差不齐……"

她从衣兜里摸出一张试纸:"我都用这个的,没有,没有……"

"这个东西?"他翻过来,仔细地瞧,犹如银行账单报错,"这么说,你体内的卵子,活动得剧烈,都不愿意出来了?还是,它

为什么没有项羽呢

们……不动啦?"

"妈妈说,你长时间不在家……"

"你妈认为,我是台机器吗?我是个大活人,有脑子,有屁股的。"

"爸爸说,你光有屁股,没有脑子,有的这个屁股,还不顶用。"

"你爸的意思,叫我们俩离婚?"

"我爸叫你不要出差了,在家待着。"

"我要挣钱的。"

"你不要挣钱了,爸妈的退休金,加上我的工资……足够我们花的。"

"那是他们的,又不是我的。"

"他给我了,叫我交给你。"

他们回到卧室。高朋看到机器立在床头,穿着妻子的红荷花睡衣,戴一头栗色卷发,双臂上举,前臂光裸着,一只手臂上坠着毛巾、护腰带和毛茸玩具,另一只臂上吊着内裤、胸罩和真丝内衣。两只手里,各有一支红蜡烛。沈蕙芳解释说,这些天老下雨,衣服不好晾。

"跟蜡烛有关吗?你用蜡烛烤衣服?搞烛光晚宴?在睡觉的地方搞?"

"不是的,"沈蕙芳犯了错似的,"我听歌,喜欢气氛。"

"把台灯调暗点不行吗?"高朋脸色阴沉起来。

"我觉得蜡烛在烧着的时候,就像一个人在哭……"

高朋不免为这种诗意的忧伤叹了口气:"你把十几万的机器当

台灯了？"

"它能值十几万吗？我爸要当废品处理的，我没同意呢……"

"你妈的意思呢？"

"我妈……我妈说，不男不女的，是人……人妖。"

高朋亢奋地呻吟了一声，不住地哀叹，末了搂住她问："这些天，你都是怎么过的？"

是的，这些天，他们没有一次视频电话，似乎都忘记了对方。除了上班，蕙芳就把自己关在房间里，父母除了买菜做饭、练太极剑、看电视，余下就在书房里梳头。

"梳头？头有什么梳的？"

"你不知道，我爷爷以前开理发店，剪头可好哩。"

"梳头是梳头，剪头是剪头……但是，叫我不上班不行，我年纪轻轻的，不能什么也不做，整天闷在家里像个小宠物，我真的努力了，实在不行我们换台机器，现在有升级版的……"

"别换了，高朋，这台机器就……就挺好的，我晚上都搂它睡觉，白天不让 我妈生气，把它当作晾衣架子……你没觉得，我比以前年轻了么？同事都这么说，我还请了几个老同学，平时不怎么接触的，自拍合影，我对比过了……哦，上一回我去游艺场玩，一个十岁的小男孩，居然称我姐姐……还有，半个月前我假装去参加一个应聘会，喂，他们居然相信我是刚毕业的大学生！几个负责人都信呐！"

高朋十分潦草地摸了摸妻子的脸颊，对她一度产生的幻觉示以宽慰。为了避免不必要的冲动和从心底渗出的同情涟漪，在饭店的

为什么没有项羽呢

酒桌上,他和岳父岳母商量了一番,决定尽可能领养一个孩子,最好两岁以内,不记事。

这番设想基于他对他们晚年景象的描述:在昏暗的窗台边,他们老得几乎拿不稳梳子。风照样在吹,卷起黄叶、枯皮和灰尘,恶病缠身且无力排泄。那衰弱的心脏啊,每跳动一下都在往血液里注入毒汁,那枯槁的血液啊,每挪动一寸都要歇步喘息,能照耀他们悲凉心灵的唯有孩子。

假如他知晓妻子的梦,他一定叫她相信,在她所有的梦里,站在她身后的断然不是某个威风凛凛的男人,而是天真烂漫的孩子。

沈蕙芳沉重且点着头说:"最好是个男孩。"

她不敢告诉丈夫,有时候她将机器置换为那个失踪已久的男人——那个给她带来一生厄运的毒蝎男人。

雨黏稠了近半个月,霉味越来越浓,连铁路的道轨似乎都在长霉。

风裹挟着雨滴,路基上铺满了一夜间仓皇逃命的黄叶。时间是最要命的,不久,当太阳一出来,那种黄澄澄的颜色就看不到了。这是树梢上生长一生的叶子永远想不到的。

天一放晴,高朋就通知邻县的那个女人,托人把其中一个男婴送过来。他已经为孩子谋到了一条较好的出路,而且,他永远是这孩子的父亲。这不是买卖,虽然本质上与买卖无异。沙子与芯片基材,成分是一样的,用处却是天壤之别。

此前的一年里,女人都在艰难的犹豫中。他跟她的日子,实在浑浊不堪，不如分一半出去。面对这个世界只有拼了老命自己上阵，指望谁都不行。他在几乎所有出差的时间里，都在努力说服她，实际上也在成全两个家庭。他觉得自己同时在帮助两个女人：如果多一个人站在背后，力量自然更强大一些。兴许，时间是伟大的，最终会抚平一切伤口，让强大中所应承受的痛苦变得短暂起来。

  他相信自己并没有欺骗沈蕙芳和她的父母，他只是花了足够的耐心、用了两年时间，对她们做了一次有建设性的引导，让他们的生命变得更充实、重新焕发活力。坦白地说，他就是一台机器——一台填补人们心灵空缺的机器。

  不过有点贵了，贵得不切实际而已。

为什么没有项羽呢

黑白电影

"爸,你说,人昏倒了怎么办?"

"送医院呗。"

"不对,把他扶起来。"

某一天又问:"爸,你说,人突然昏倒了怎么办?"

"把他扶起来。"

不对,人昏倒了,当然要送医院喽。他的意思是打120急救,不必自己伸手。

我开始反击,目标是他虐待了近一年半的"捷安特"。几个篮球队员轮流拿它练习投篮、马路追逐和野外爬坡,极限、超负荷,再不修就要报废了——为什么不送到医院抢救?为什么要换一辆新的?

什么是经济发展?就是消费!儿子以他的所学开始有效化解。

如果我反对，则证明我的落伍、守旧，换句话说，抱残守缺。如果提到购买力和节俭，他认为是借口，如果我让一步，他则开始讨价还价。他心里只有一条：目的。

我不答应。我跟他妈都不答应。他失去唯一的同盟，孤立很容易让人走向另一个极端：愤怒。而愤怒通常令人反常：一双"聚划算"买的新拖鞋，绣着几瓣玫红和小白兔啃胡萝卜，被他从五楼窗口扔到黑漆漆的楼壁里。那里只有我扔的烟头、果皮和随意生长的野草、蚊虫蜈蚣，人进不去。我们只得命令他随我们去超市，买一双新拖鞋。

他不愿意去。我说，自己的错误自己承担。

训斥、说服、抚慰，最后叹息。他最终答应了，条件是自己也要买一双。

交换。如果这种交换可以避免他买一辆新的"捷安特"，也值。

因此这天晚上，在没有任何准备的情况下，我们一家三口打算逛一逛小区旁边的超市，买两双拖鞋。当我们走近时，突然发现距此不远的马路边上，张灯结彩，乐声震天：一家大超市新开张。

自然，我们去了这新的一家。

时间点一过注定冷清。已经八点半了，我们路过的七八家大排档和户外烧烤店，客人删减不少，炉火已近半熄，吃剩的桌子上无人收拾，杯盘狼藉。有的店外很冷清，几乎都是空桌。夜风忽起，薄薄的压桌塑料布不顾卑贱，撑起门面，终抬不起一张脸，失掉了风力后，兀自沉沦。经过一家孕婴店，前方突显出一排参差不齐的

为什么没有项羽呢

民房,有一栋面积相当大,墙面刷成赭红色,嵌着两扇昏暗的小格窗,细看才知是洗浴中心——夏季的歇业中。既无顾客,亦无店员,但门前停满了电动三轮、电瓶车和自行车,里头热气哄哄,人们围在方桌边,或站或坐,盯着不同的牌:已改为一大间棋牌室。好比买彩票,附近的人无事寻事,来此博点手气,也为其他人增加了日常进项。往往就是这样,看似无形、沉寂,实则暗流涌动,从这里流走,总得从另一个豁口流出来。

再往前,基本上被不知底细的建筑工地、规划潦草的平房以及与世界接轨的马路统治,这附近便成了一块相对阔绰的预留地,新鲜的土地等待打桩,无数的房间渴望装修:一眼望去,幸福与圆满不过才刚刚开始。

"爸,对面灯光很少耶。"

"你又不去住,瞎操什么心。"

"以后自然会多——哟,这超市挺大的……"

比起平庸低矮的民房,这幢五层楼超市俨然是位财大气粗的巨人,外观喜庆,到处悬挂着彩色气球、大小红灯笼和闪闪发光的促销广告牌,鞭炮的硫黄味尚在空气中微漾。我抬头凝视楼层时,有一点异样:上面几层黑乎乎的,只有余光射出。我马上明白了,原来是一幢烂尾楼——如果把它比作为某种爬行动物的话,意思是尾巴染上疾病、烂掉了,而身体是健康的。客观地说,它的身体一点都不健康——骨骼健在,皮囊尚全,而大脑和内脏全无。作为一种向天空里生长的爬行动物,一条小尾巴是毫不足道的,重要的是敏锐的心思和伟大的手段——只要满足这两者,再烂的尾巴也会比脑袋健康。

我们走进脑袋里。日用品在二楼。我们也只到二楼。

如果上面几层也亮着灯，会不会更好呢？当然喽，但是别忘了，它是经过改造的，自然留着之前的痕迹。那我们会上楼吗？不好说。但不管怎么说，我们买过东西得下来，也就是从二楼下到一楼，接着出门，沿原路步行回家。

事实偏偏不是这样。

两双拖鞋精选了好久。如今，你不挑，人家会以为你傻。什么叫自选超市？不就是让你精挑细选的嘛。如果你不挑，看，来了，它会用各种手段引诱你的。我不买拖鞋，我在观察吊角的各种监控头——不是我想偷东西，而是设想小偷行窃的角度，以打发无聊的等待时间。

妻子又买了一块除螨香皂、一只兰花瓷碗和一瓶海天生抽。儿子指头勾着一对蓝色的软底拖鞋，腋下夹着一瓶尖头状的深海饮料，健步在前。妻子温婉地拉着我的胳膊，细细分析着两家超市，缓步并行，告诉我她相中了一款上海产的新式拖把，等家里的一旦坏掉了，马上换新的。

"那你不买啊，家里的总得坏的。"

"钱不够啊……"

"我这有。"我随身带着一百元。

"算了，你看都打烊了，下次再买吧。"

我一看，楼下的自动防盗门接地，收银机黑着屏，寥寥的几名

为什么没有项羽呢

服务员正在整理私人衣物、准备下班，动作麻利的一个率先掀起塑料片，从一扇小门溜走，余下的在追赶。刚开业，一整天的忙碌够累的，她们回去还得填肚子、照顾孩子，还有家务、私事，等等，火急火燎是可以理解的。我立即叫住一个脸黑小眼的服务员——她很不耐烦地将耳塞离孔，嘴里咬着手机，另一只手在包里不停地翻钥匙，耳塞插好后，指了指关闭的收银机，示意我们到楼上买单。

"是二楼吗？"我们落实情况。

她抽掉嘴里的手机喊："是三楼！三楼！三楼有结账的！"

一上三楼，就接近这幢楼的本色了：水泥楼梯、石灰墙、覆灰的不锈钢栏杆及乱糟糟的工地余物。楼梯的尽头果然立着一台收银机，那位慵懒乱发的中年妇女迅速刷码、收钱，好跟随主力撤退。儿子不失时机地问："出口在哪？"

她指了指旁边一块用来隔断大厅的石膏板。我们不用担心了。

绕过石膏板，眼前突然一暗：那位妇女不见了，收银机头顶吊着一盏圆罩LED灯，亮度完全不够，这么空旷的大厅，它的功能仅作指示用。石膏板背面的光源来自大厅尽头的两盏灯，估计同品牌同瓦度，借着它俩昏暗的雾中提示，我们终于寻摸到一扇玻璃门。

来回走了三十来米，墙体全面封闭，据此判断，这里就是所谓的出口。

我们敲了敲门，里头被长柄锁锁住，它听不懂人声，自然毫无反应。隐隐约约，一种近似广播里的对白声时强时弱地传来。"在看片子呢，没听到。"我说。"不应该啊，什么人？一点都不负责任。"妻子说。儿子拎着拖鞋，表情相当愤怒，好像被人推下水，刚爬上岸又被一脚踹下去:"什么破超市!我砸了它!"边骂边挥舞着一只拳头。

我冷静地推开一道门缝,朝里面喊了几声,开门开门!儿子也跑来帮我,用的是决赛场上教练不满意的嘶吼声。

五分钟后,终于有个黑影朝门边移过来。从他移动的方位判断,他就在门后不远,椅子或床上,他就躺在那里,出来时颈上套着一副白色耳麦。

幸亏他尿急。

猛见到我们,他一愣:"喂!你们做什么的?"

儿子大吼:"我们要出去!出口呢?出口!"

我则按按他的肩膀,解释着购物、打烊、有人指点出口这一系列经过。

"你们有票吗?"他问。

"哦,票啊?有啊……"妻子找到购物票,收银机打印的,白纸黑字。还好,一般我都扔掉。我对妻子的细心报以微笑,同时对眼前这位六十来岁、冷傲敦实的老人有些反感。看他下身黑色的人造棉裤子,好像赶街卖烟叶的庄稼汉,上身一件蓝纹白衬衣,左胸口别着一杆黑钢笔——又酷似乡村的记账会计。从他答话来看,又有点像退休不久的小学教师。

"票不对。你们不能过去。"他板着脸。

"怎么不对啦?"时间不早了,儿子回去还有作业。

"老人家,我们是来买东西的,我们付过账了。"妻子说。

"这是规定。没有票不能进场。"

为什么没有项羽呢

"我就进了,怎么啦?我就进啦,怎么啦……"

"喂!"我吓住儿子,知道他一旦上了火,野牛也拉不动,然后用身体隔住他,问老头:"你说的票,不是购物票吗?"

"电影票。"他指了指屋内的一块小黑板,因为本身是黑板,我们也看不清。

"这里不是超市三楼吗?"

"没有票,谁也不能进去。"

"那票呢?票在哪儿呢?我去找。"

"在我这。"

"给我们!给我们啊!"儿子快急疯了。

这时妻子突然插话道:"是不是得花钱买啊?"

"什么倒霉地方,捆绑销售!万恶!你们老板呢?"

"住嘴!瞎嚷嚷什么?喂,老师傅,那你给我们票,实在不行,我们买。"

他傲慢地从背后抽出一根古董似的六节装铝皮手电筒,一摁亮,宛若射出一把尚方宝剑,那不甚友好的光柱在我们一家人的脸上挨个扫过,又扫过,然后打灭了说:

"你们不够。"

我甚至听到他在叹气,马上掏出一百元:"多少钱一张?给我来三张。"

"爸!你凭什么给他钱?凭什么?因为他老么,还是因为我们太丑了?"

"你少废话。"其实,我的愤怒一点也不亚于儿子,只是我的年龄已经让我习惯了不争、不计较与忍让为先。说实话，作为企业经营来讲，这种人既贯彻了制度的约束力，又为公司节省下不必要的开支。从增加收入的角度来看，反倒是合情合理、值得表扬的。

可是，他说的"不够"，不是钱不够，而是年龄。

"五十岁以下的不能购票，除非有单位开的证明信或者残疾证。"

"什么？"

"那要五十岁以上呢？"妻子问。

"免费的，一人一张，不许代领。"

"老师傅……"

"你应该喊我老同志。"

"哦，老同志，你要弄清楚，我们不是来看电影的，我们是为了出去的。我们只要出去，我们不需要电影，也不需要电影票，我们——"

"不要说了，我要解手。"

他慢慢地朝昏暗中的一根廊柱子走去。很快，溅铁皮的清脆声响起。与此同时，儿子率先钻进门，在他眼里，哪有什么规矩可言，不过也好，目的达到就成。妻子小声地问："他会不会来追我们哪？"

"到时候再说。"我说。

"不会的妈！走吧，追上来我弄死他。"

妻子提着购物袋，气喘吁吁，直嚷嚷着门，门呢，出去的门呢——可是谁又能保证，一定是从门出去呢？我们在小屋里转悠

为什么没有项羽呢

着,找出口。儿子顺墙摸索,竟给摸到了,原来是隐藏在墙角厚重的黑色帘布后面。儿子立即拉开第二道玻璃门,借着忽然泻入屋内的银色光亮,我扫了眼简陋却规整的布局:八仙桌、老式案板、杨木小凳和一只铁皮柜;案板上放着一台铁电扇、一只墨水瓶、一沓书信和排列整齐的白药瓶;工地用的旧式板床,约一米二宽,吊着一顶蓝色蚊帐,床脚立着一蓝一红两只暖水瓶,旁边是小饭桌,罩着避蝇虫的塑料网。

我听到咔嗒一声,儿子居然回头把第一扇门反锁了:"不许我进!我也不让你进来!"

这等于扔给我们一道难题。我立马逮住他的手,试图夺回钥匙。他一扬手说爸,看你紧张的,我做做样子,不会真扔的,但谁能保证他不会真扔呢?直至我们掩上第二扇门,也没有发现老同志追上来,或许,他并没有发现门被锁了,或许他根本就不在乎。像这种枯燥乏味、容易起口角纠纷的工作,说不定他早就不想干了。或者只是替替班,超市刚开业,一时缺少人手,他以前大概给工地看过料子、做过收货员什么的,临时顶替也是常理。或者符合他早点回家的愿望,我们正给了他一个恰当的理由,至于出口——一定不止一个——他不紧不慢的态度已经证实了这一点。

然而我们看到,这里真的在放电影,很久以前的黑白电影。用那种老旧的 16 毫米胶片机,一边播放一边卷动胶片,将虚幻的年代投射到一面巨大的白色荧幕上——这幕布还纹着一道黑色的边儿。放映之前,放映员得校正位置,调节镜头和机身,一盒胶片放完了,等待下一盒。一般一百二十分钟的电影需要两盒胶片,在我儿时的记忆里，正片之前还有一部加映片，类似现在的广告片。所不同的是，前者用来学习科普知识，后者用来营销赚钱。哪一种更让人信服呢？我只能说，后者离我们生活更近——往往也更虚假。

黑压压围着一屋子老人。五十岁的限定——我不敢保证他们都在五十岁以上，但他们绝对是老人，老态龙钟，与土层越来越近，如被无形的土沙埋住，木桩似的，僵硬、呆板，动弹不得，似乎也听不到呼吸。看他们忘我的样子大概也忘记了呼吸，更无人言语，哪怕几声耳语——同样的姿势，深情、忘我，用一生仅剩的那点视力打量着模糊不清的光影世界，竖起被嘈杂、喧嚣和琐碎误伤的耳朵，聆听着想象中最美妙动人的旋律和对话，没有一丝多余的动作，甚至痕迹，仿佛与大地、苦难和辛劳融为一体，再不记得置身的这个世界了。

儿子绕圈一周，回来告诉我们，这个"地狱"没有出口，墙是死的，没有缺口，更没有门或洞之类，是封死的。他在四圈走动时，我老担心他脚底踩踏的地板会突然间塌陷，扑通一声坠落，他会没命的。我对儿子老怀着这种不祥且古怪的预感，完全可恨的恶念。

"那怎么办？那怎么办啊？"妻子急得要哭。

"什么怎么办？这里不都是人嘛，大不了一散场，我们跟着走呗！"

"爸？有没有这样一种可能……"

"什么可能？"我警觉起来。

为什么没有项羽呢

"那里有个楼梯,有锁,肯定有钥匙的……"

"这叫可能吗?去,找钥匙。"

儿子犹豫起来。

"又怎么啦?你不是整天天不怕地不怕的嘛。"

"爸,你跟我妈,最好去看一下。"

"你去。你去呀,还是你去吧……"妻子命令我。

我咳嗽两声,清干喉里的细痰,绕过去察看。半道,墙边有根小竹竿,我便拿在手里,走到栏杆边,预备不明生物攻击似的,把竹竿往楼梯的光亮处探了探,才挪出身子。

这是一座尚未完工的水泥楼梯,位于大厅尽头,只余半截,两侧都圈着坚固的密封网,孔眼有乒乓球大小,一直揽到正面的铁门上。乍看无甚出奇,但一步步走下去,接近铁门时,陡然发现原来脚底正踩着一只凌空探出的水泥手。孤零零的一只铁笼子,我在笼中,外边一团漆黑,远远可见小区零星的灯火闪耀,以及不知名的上空盛开的烟花。有些人喜欢在普通日子燃放烟花,而烟束散尽更显出夜的宁静——只不过有点意外罢了。

我知道了,我们正位于这幢楼的背面,即远离街道的那部分——它的尾部。烂掉的,对的,那条烂掉的尾巴正被我的双脚踩着。借着身后射来的余光,我靠近密封网,适应一会笼外的黑暗,望见水泥手的下方,一根根直立的水泥梁斜插着扭曲的钢筋,矗立在类似旷野的废墟中,容忍着寂寞,一言不发。

如果生意好,烂尾的隐形估值肯定高,改建成立体娱乐场,不仅购物、看电影,还有电玩、台球、健身房、幼儿园、食品汇什么的，满足不同人群的需求。

可是，今晚这番遭遇令我们很不舒服，若在其他地方，一定有专职人员在等我们，为我们领路，或有鲜明的出口标识。从一进超市，如果我没有记错的话，没见到任何放电影的文字说明，或者海报宣传，这种放映方式很古老，不过受众群是上岁数的人，倒可以理解的。在他们年轻的时代，电影是一种最时尚的消遣，影片放映时，虽说简陋到露天场，大冬天的，寒气凛人，但现场相当火爆。据说，检票截止，加映片一放完，四面的围墙上已经坐满了人，把自家的棉被都抱来了，铺在插满玻璃渣子的墙头上，不挨扎，且很暖和。深夜，河水都结了冰，电影散场后裹着一床被子，慢慢往家走，心情仍沉浸在剧情里——这比什么都温暖吧。

我无计可施，离开水泥手，回到放映大厅，妻子焦急地问："怎么样了？"我瞅了眼低头玩手机的儿子，摇摇头："不怎么样，等电影散场吧。"

"这要很久的！"

"先看一会吧，再想办法，反正是免费的……"我宽慰道，远远盯了盯胶片盒的厚度，这应该是第二盒吧，只余一半了。"很快就放完了，"我说，"再等一等吧……这是什么片子？"

"谁知道呢！一点都不连贯，一会黑一会白，说话都一个调子，你看，那里头是个很老的村子吧……"

我发现这并非一部完整的影片，而是经过剪辑的、毫无关联的一组组画面。片中的村子很古老，草房子，土墙，一个穿着黑旧棉衣的庄稼汉被三个叼着烟卷的年轻恶人押解着，走到一块荒地里，

为什么没有项羽呢

那儿有个挖好的深坑。三人背对着庄稼汉,面无表情。庄稼汉犹豫着,慢慢蹲倒,伏身,脚先入坑,然后慢慢滑进坑里,站好了,掸掸身上的灰土,惊恐不安地望着齐头高的黑土层。

沙土扬面。他袖笼双手,低头不语。哦。是活埋。

果真,软塌塌的一只手挣扎着从泥土里伸出来,押解的人不解恨,朝他吐痰,用脚踩、跺。默片,类似静音,不过胳膊一定折了,所幸那人已死,也感觉不到疼痛。问题是,我感到很疼,还不如被乱枪打死痛快呢。那人既害怕,又很听话。可能因为害怕而听话,也可能因为听话而害怕——我不太肯定,但沉默残忍的画面我记住了。

周围的老人一动不动,除了默默地观看。我让儿子跟他妈调换座位,坐到我身边,收起手机,抬头看电影。他始终抵触着不从,隔着他妈,冷眼瞪着我。

"这是以前的电影,你得了解,是……是一部历史,你懂么,剥削和压迫,反抗和革命……"我探过他妈的座位,压低声说。

"爸,你知道孙悟空为什么不结婚吗?"

"为什么?"

"他吹一口气就能生出好多小猴子。"

"有人给活埋了,电影里,你不想知道什么原因吗?"

"你是不是想问我他是好人还是坏人?"

我一时语塞,未及回答。他接着说:"这不是电影,爸,这根本不是电影,这是给快死的人看的。你看,全部是老头子,傻了,爸,他们全傻了,我摸了那个人……"他指了指旁边白头发的一个,"他一点反应都没有……"

"手是温的还是凉的?"我调侃道。

"温的。爸,他们是活人……"

我笑了,觉得我们想的不是一个话题。不过,他们为什么不在家里看网络电视呢?或者听听大鼓戏,散散步?为什么要来看电影呢,而且在一个很隐秘的地方?这种黑白胶片,不清楚老板是怎么弄到手的,难道是自己的收藏品?很明显胶片经过重新剪辑……我估计那台放映机至少有三十年了,儿子是无法理解这种年限的,它远远超过了他们这代人的想象,实际也超过了我的想象——如果它让我感到惊奇、困惑和难以理解,那么静静地观看一会,琢磨琢磨,也不失为一种意外的收获吧。

我的疑惑可能被儿子感知到了,他掏出手机,开始拍照,"我传给同学看看,这个怪东西,给他们长长眼……"

"不许拍照!"黑暗中传来嘶哑的恐吓声。

"乖乖,这还是什么高科技呀,这个破玩意,我拍了,怎么着?"

这时,传来第二个、第三个声音:"小伙子,你不能拍照!"

前边已经有人站了起来,我这边也有人起身阻止。我和妻子连忙退让:"好,好,不拍,不拍了。"同时命令儿子将照片删除。

他不屈服:"爸,为什么我们要听他们的?"

"我不是听他们的,我是避免不必要的麻烦!"

"这伙老头子,有麻烦怎么了?"

"你给我闭嘴!"我连忙又压低声,附在他耳边说,"他们是老

为什么没有项羽呢

人，你不能这样。"

儿子倒很机灵，突然扭头问其中一个："要我删也行，你得告诉我怎么出去。"

"你从哪里来的？"那声音问。

"楼底啊。一楼大厅。"

"原路返回嘛。"

"锁上了。"我接过话说。

"那你等等吧，等电影散场。"

只好这样喽。我朝妻子挤挤眼，昏暗中，她面孔呆痴，不知道领会到没有。

我换到一个有吊灯的座位上，紧挨着刚才对我说话的那个老人：马刀脸、大耳高鼻、白发、薄嘴唇，穿一件对襟白衫，下身是黑色的亚麻裤子。他白了我一眼，没有明确反对，我就坐下来，心里想，兴许可以借电影来缓和一下气氛、增加共鸣。等了一会，我见他一直板着脸，津津有味，不便先开口。继续等，偷偷地瞄他，他可能发觉了，稍稍转过脸，我马上逮住机会问：

"老人家，这电影叫什么？"

"他们说，叫《惩罚者》。"

"噢，每天晚上你们都来看吗？有人组织？"

"你问这个做什么？"他又白了我一眼。

"我想介绍我父亲来看看，他喜欢电影，尤其过去的影片……"我撒着善意的谎。

"不是每个人都能来看的……"他扭扭僵硬的脖颈说,"有条件的,普通人不能。"

"什么条件?"

他脸上泛起艰难之色,抿了抿嘴问:"你父亲是做什么的?"

我一边考虑着一边说:"当过兵,嗯……转业回地方,嗯,在国营单位待过,后来自己弄点事……沥青和柴油,反正,反正一直要账。嗯,我爸他这人天生不适合做生意,尽挨人骗。"

这倒是实情。自打我上高中他就奔波在讨账的路上,幸好他脾气慢,能耐住性子,胃好,能吃苦,一天三顿吃爆米花子,吃十天半月的没事。不然,换了个人,早不行了。

"那骗他的人呢?"

我被问得一愣,"骗他的人?跑啦,躲起来了,我爸天天攒钱,攒够了路费就去一趟。去他亲戚家,他亲戚人不错,把他找出来,可他耍赖啊,没钱,一分都没有。二十年啊,一分钱没给,听说他又养了两个孩子,白胖胖的……"

"你可以介绍他来看电影。"他挑起眼角,笑眯眯地。

"啊?介绍一个骗子来看电影?什么意思?"

"我们这里的,都是做过坏事的。"他把身子慢慢偏转过来说。

我也笑了:"老人家,你真会开玩笑,不给看就不给看呗,还文明一下,不必要的。"我觉得跟他套近乎还挺难的。

"刚才这片子里,有人给活埋了……知道为什么吗?……他是汉奸。"

"我看其他三个也不是什么好东西。"

为什么没有项羽呢

"是的，他们都是汉奸。你一会看啊，一个呢，被疯狗咬死了，一个掉到桥底淹死了，还有一个屁眼里插棍子，给憋死了。哈哈……"他笑了，居然大笑，头发银灿灿的。在这种突然而至、开朗豁达的笑声里，我看到电影清晰的白光里，果然有一根尖状物正试着从一张极度扭曲的男人嘴巴里拱出来。那人的两只眼球在眼眶里跃跃欲跳，喉咙里发出将要断气的呻吟。我马上掉过头，太恶心了。还好，儿子低头刷屏，对此无动于衷。他从网上看过许多不该看的影片，对此完全免疫。

闪过五秒钟的黑叉线，荧幕上浮出无人区的景象：乡村、城镇、足球场、公园、铁路、货运站、密密麻麻的阁楼、结冰的游泳池，以及各种对着自然界沉思的小动物。唯独没有人。一座荒凉的拉索大桥，足足有五分钟，长镜头，桥体依然冷冰冰的，毫无生机。

"好像不连贯呀，"我说，"看不懂。"

"开始你肯定看不懂……我已经看到第三十七遍了，"他扭过脸，凝视着我，"现在有点明白了，它在告诉我们这些做过坏事的人，桥，随时会塌掉的。"

我认真起来："那其余的呢？"

"按我的理解，人总要死的……人只有在死之后，或者接近升天时，嗯嗯……才会注意到一直忽视的……很多东西，很多很多，活着的时候，是看不到的。"

"比如呢？"

"比如？比如，那里面有一间老屋子，跟我小时候住的差不多，我爷爷跟我奶奶，还有我的父母都住过，我就生在那种小屋的板床上……唉，后来有了钱，我也没想着把老屋子翻个新，装空调、弄个立体橱柜什么的……我记得那扇门都让白蚁蛀空了，成了一个黑门，我都没给我爸换一个，结果那年冬天风大，把门吹倒了，我爸感冒没几天就……就过去了。实际上只有我心里最清楚，他是给活活冻死的。你说，我是不是坏人？我是不是一个罪人？"

我大概明白了，他们所指的"罪"，是指法律之外的"罪"，或者说边缘，逃脱追究等。

我不由得有些惊慌，开始环顾整个大厅，如果按照这个规则，就人数而言——这个地方的面积是远远不够的——即便以六十岁以上为标准，也不够。

"那她呢？"我心虚，急着把话题扯到别人身上，于是随手指了指前一排，也是一头白发的一位老人。

"她呀，她不许孙子喝水。"

"不喝水？这也叫罪？"

"是啊，不论什么水，她都不让喝。"

"为什么？"

他拿食指点着她胖乎乎的背影："她说水有毒，一生下来就没给喝过，只喝饮料，喝果汁，结果，一检查，白血病，唉，才十二岁哪……其实怎么能全怪她呢？地表水、地下水都污染了，不喝也是对的，只是太相信饮料了……将来我很担心，下一代，再下一代，他们喝什么呢？明知有毒，不也得喝嘛。"

"那他呢？"我又指了指我的正前方。

"他可能跟你爸年纪差不多……有一段时间不知你记得不，企

为什么没有项羽呢

业改制,集体的改成私人的,这人就发了财,不顾死活,把原配给休了,找了个年轻姑娘,不管儿子,结果儿子患上忧郁症,跳海自杀了,孩子妈也疯了……他明白过来已经太晚了,钱被女人拐走了,自己落下一身病,听说,还欠人家几百万呢,现在天天躲在这儿,一坐一整天,饭都不吃……看样子也差不多了,你千万不要跟他说话,一旦对上了你,他就管你要儿子……我们都忌讳跟他说话,挺讨厌的。"

"他住哪儿?"

"谁知道呢,我们都不联系。"

"那你怎么知道的?"

"我们一个组的,我负责电话通知。"

"那说明你通知的时候,是聊过天的,嗯,他为什么没有跟着你?"

"你是警察啊,问这么细?"

"我很好奇。"

停顿了一会,他说:"他是有时候跟着我,我就把他领到这里来了。这是为了他好,不一定哪一天,他自己就走丢了,但到了这里,起码很安全,有被单,凳子一拼就能睡觉。还有饭吃,免费的,一荤一素,煎饼,白开水,有时候是白米粥……"

这时荧幕上出现一条悬空的死鱼,吊在一只黑瓷盆上方,盆内白菊盛开。

"免费的?"我不太相信,质疑道。

"这里人人公平,免费当然也是平等的啦,米饭每人一平碗,不多也不少，菜各一勺，有米粥的话，一人一碗，谁也不许多，谁也不能少……"

"要是不喝呢？"

"不行，都得喝。谁都一样。我们都能接受。如果换成你们……"他指了指我身后，"像你那孩子……肯定接受不了，一定想着法子吃，西餐、烧烤、什么韩国的泰国的，每个菜系……他们想着法子吃，吃个遍，我们呢？我们就三样菜：土豆丝，肉末白菜，煮干丝……他们还想玩，什么好玩的玩什么。还有学，我同事的小孙女，什么都学，琴棋书画，吹拉弹唱……因为什么呢？因为他们太想要了，来世间这一遭，什么都想要……你觉得这样合适吗？"

"喂，他们不过十几岁的孩子，你都、都六十多了……怎么不能要呢？"

"我就问你，哪怕对于一个六十岁的老人来讲，你算是年轻人啊……你觉得合适吗？"

"合适呀，生活丰富多彩。"

"不合适。"

"为什么？"

"我刚才说过了，你真没记性。"

"你把自己说成是做过坏事的人，可是孩子没有。如果像你说的那样，对孩子就太不公平了。"

"你没有听懂我的意思……大人和孩子生活在同一个世界里，大人会犯错，孩子也一样，你不能拿年龄当理由，打比方说城西有

为什么没有项羽呢

个村子受铅污染,这种伤害对成年人和孩子是一样的,这与年龄有关系吗?有可能对孩子更严重呢……"

"那如果像你说的那样,孩子和你们过一样的日子,单调、乏味,就好吗?……你看荧幕,那个倒霉的画面到现在就纹丝不动,这是电影吗?这简直就是一块反光的白墙,我真不明白你们坐在一起,耗费整整一个晚上,一点娱乐因素都没有,图的什么呀,那不如回家睡大觉喽。"

我此刻意识到,真该走了。如果找到出口,我只想带着老婆孩子赶紧逃走,永远不想回来。

这时他突然抓住我的手说:"你不觉得有个东西在引诱你吗?"

"引诱?怎么说得这么难听?什么叫引诱啊,引诱指的是——"

"指导,对吧?指导?"他捋了捋白头发,沉思式地瞄着我。

"指引,应该说指引比较合适。"实际是给逼的,从二楼到一楼,再从一楼到三楼,再到放映室,我心里很清楚。

"这部片子你们当然不喜欢,可是我们当年非常喜欢,喜欢得不得了,它神秘,充满魔力,我们这里所有人都忠于它,还有人把它当作生活的标尺,但是我们最后都违背了它……我们不能原谅自己,不光晚上,白天我们都坐在这里,直到被自己原谅了才能离开,否则就是死了,也要死在这电影跟前……"

为了强调重点,他拧起眉毛,咬牙切齿,瞳孔发亮,把我吓得要死,听力也受到一定干扰,他随后说的话就像被分解为一个字一个字似的,以慢动作的方式进入我的耳膜。

荧幕上忽然跃出游动的光团,很强,倏地变暗,近乎柔和,一瞬间又变亮了，强度增大，辐射出一道道灼目的白光，扫过人头，大厅顿时通明无比。我都看呆了，仿佛隔着一道波光粼粼的水塘，无数的碎点冲撞着视网膜，梦幻似的，致使我身边的老人都显得不太真实，酷似一对影子——荧幕里的才是真实的，而我们不过是它的一个投影。

我想象到，或许它可以把我们投射到四楼、五楼，由这幢楼投射到另一幢楼，再投射到另一幢楼——就像古代的烽火台——自然，我们都被假定为传递烽火的人。

马刀脸老人越说越起劲，似乎迫切需要将烽火台的消息传递给我，再由我传递出去。比如在我讲述父亲讨债的故事里提到的那位欺诈者，他向我保证，任何欺诈者，无论来自何地，只要母语一致，和他们在一起后，大都会良心发现，做出一些善举——即我父亲的钱有可能讨回来，概率很大。

"你们需要提成么……像手续费、中介费？"我讽刺道。

"那得看情况。"他答。

"你那么有把握？就通过每天在这里看看电影，人就变好啦？这有点……有点……像童话。"

"这不是一般的电影，这不是好莱坞大片，到处揍人，揍外星人，揍怪物，要不就是把各种隐私公布出来，好像这个世界的人眼都瞎了……要不就是神探，把自个儿整得像天才……实际上每幢楼，世界上的每幢楼在完全交付之前都是烂尾楼，没有不是的……人有尾巴吗？当然啦，人人都有尾巴……可是你看我们的电影，只有两种颜色，黑和白。"

为什么没有项羽呢

"还有灰色。"我感觉就是这三种颜色彼此交织,走到最后。

"这个不重要,它属于黑和白,在它们之间,只有那些最固执、最绝望和最孤独的人能够看下去。我们试验过,正常人不超过半小时,有罪的人也不过一两天,能坚持一周以上的,那是真的坏到家了。按规定,除了吃饭上厕所之外,他是不能离开凳子的。"

"监禁呀?说到底不还是非自愿吗?"

"怎么能是监禁呢,我们都是自愿服从规定的,既然是自愿服从,哪里来的监禁一说嘛!"

"既然是自愿服从,那要是自愿不服从呢?"

"我们分小组啊,只要小组其他人同意,他就可以。"

"应该不会如愿的吧?"

"概率不大。"

"最后呢?你们都如愿了?"

"这跟我们一点关系也没有,是他自己的事情。"

"一个恶人因为看了几天黑白电影就变成了善人,那天底下就不需要司法机关了,匪夷所思!哦,还有一个问题,你刚刚说把那个欺骗我爸的人弄到这里来,怎么弄来?"

"你相信了吧?你看,你相信了!"

"我就是问问。如果真像你说的,概率很大呢?不是有几成希望嘛。你们一般通过什么手段?"

"自愿。完全是自愿。我们知道他的地址和联系方式后,以口头或书面的方式传通知他。"

"他要是不来呢?"

"刚开始肯定有排斥心理，不敢相信，或者不认同，对自己信心不足，等等，我们可以介绍他到当地的……嗯，某个地方。"

"你们还有连锁的……加盟店？"

"性质不一样。我们的口号是，勿把恶行带进坟墓……"

这时妻子走过来，掐住我胳膊，提醒我赶紧想办法离开。在忽而射来的一束束白光里，她显得很憔悴，脸色苍老了许多，粉色的衣裙褪色严重，几乎变成了白色。

我猛然大醒，意识到为了向老人询问出口，所铺垫的已经太多——说了许多不必要的话，当然，也听到了许多不该听的。对于眼前这部黑白电影，归纳来说，就是一黑一白两道线从头贯穿至尾，或者没有尾，暂说为尾吧，其间不停地淡出各种符号、出生和濒死的动物、生机盎然的花卉植物以及各种人类的发明。

我从未看过这样的电影，不论黑白或彩色。兴许，对它而言，"电影"这个称谓过于奢侈了——它更接近幻灯片。当然，称谓也是无所谓的——对于其特殊的观众来说。

根据老人的提示，我们一家三口借着昏暗的走廊灯，迅速登上四楼，果真，明亮处锁着一扇拉杆铁门，一位胡子拉碴、衣衫不整的老人坐在掉漆的椅子里，耷拉着头，脚底踩着一只空酒瓶，大约喝了许多酒，迷糊好一阵子。

我告诉儿子，叫醒他，按他说的去做，不管什么，我们就能出去。

我们都看到门那边的货运电梯，没醉呢，亮着红灯。

为什么没有项羽呢

儿子怯怯地走上去，拽了拽老人的衣服，没有反应，马上回头求援，我示意他继续，他妈做了个掐的动作。

老人被掐醒了，可惜掐的是脸，不是胳膊。这个笨蛋，连掐人都不会。

"干什么？"老人以为是梦呢，怒吼起来，接着揉眼睛。

"我要……我要出去，爷爷，你帮我……开开门。"

"哦，哦，"他从模糊的视力深处打量着我们，似乎有什么要问，抹了抹嘴角，只是说，"扶我起来……"

"什么？"

"扶我起来！"

儿子又扭头看我们。我立刻做了一个斩钉截铁的手势。

儿子终于羞答答地把他搀扶起来。

"这孩子……这么晚了，早睡呀！"马刀脸老人说得不错，他只与孩子对话，视我们如无物。

儿子应了两声，按下电梯。我们拎起购物袋，轮流照面、打了招呼，等待电梯。老人拉上铁杆门，双手扶着拉杆，虎视眈眈地望着我。我立刻扭开视线，最后看他时，他已经把背转了过去。他没有去看电影，我有点奇怪。

出了楼，抬头一看，原来出口正位于水泥手的下方，无灯，黑漆漆的，四周是碎砖和石膏板，脚底也不利索，只得摸索着往前走。走到大路上，终于松了口气，心里感慨着，却不知说什么好，只顾拼命地深呼吸，像缺氧了好久。一扭头，忽然觉得是从一个久远混沌的地方返回到现实：小汽车慢慢地转过前方的十字路口，大排档有路人纳凉吃酒,烤鱿鱼的正往热气袅袅的铁板上撒红辣椒,卖汤圆和摊煎饼的妇女正收拾东西,随地的垃圾,等待天亮前收拾。一切如此真实。

"爸,你说,人昏倒了怎么办?"

"喂,我是不是在超市里昏倒了?"

"没有啊,你好好的。"

"看了一场电影?"

"不对,"妻子说,"是一场黑白电影,我觉得吧,这电影虽说古怪,倒有点意思。"

"什么样的意思呢?"

"你忘不掉它,总记着。"

"算了吧,"我告诫说,"最好不要记着,最好忘掉。"

"但愿吧。"妻子叹了口气说。

"但愿吧。"奇怪,连我自己都忍不住这么说。